suhrkamp taschenbuch 1377

Hermann Hesse, am 2. Juli 1877 in Calw/Württemberg als Sohn eines baltendeutschen Missionars und einer württembergischen Missionarstochter geboren, 1946 ausgezeichnet mit dem Nobelpreis für Literatur, starb am 9. August 1962 in Montagnola bei Lugano.

Seine Bücher, Romane, Erzählungen, Betrachtungen, Gedichte, politischen, literatur- und kulturkritischen Schriften sind mittlerweile in einer Auflage von mehr als 60 Millionen Exemplaren in aller Welt verbreitet und haben ihn zum meistgelesenen europäischen Autor des 20. Jahrhunderts in den USA und in Japan gemacht.

Die Erzählungen *Hans Dierlamms Lehrzeit* und *Der Zyklon* sind Liebesgeschichten mit unterschiedlichen, doch äußerst lebensnahen Verwicklungen. Gemeinsam ist ihnen auch der Schauplatz, an dem sie sich ereignen. Es ist das mit großer Anschaulichkeit gezeichnete Milieu eines deutschen Handwerkbetriebes vor der Jahrhundertwende, mit seiner eifersüchtig gewahrten Hierarchie zwischen Lehrling, Geselle, Meister und Fremdarbeiter, samt den vitalen Kraftproben und Konflikten, die sich daraus ergeben. In beiden Erzählungen schildert Hesse Begebenheiten, die er in seinem 18. Lebensjahr beobachtet, wenn nicht selbst erlebt haben muß, als er nach abgebrochener Gymnasialausbildung (in Cannstatt) in seine Heimat zurückkehrte, um sich in der dortigen Turmuhrenfabrik auf eine Schlosserlehre einzulassen. Mehr als ein Jahr hat Hesse dort gearbeitet und Erfahrungen gesammelt, die uns in manchen seiner Bücher aufbewahrt sind, in seinen Erzählungen ebenso wie in *Knulp* oder *Unterm Rad*.

Hermann Hesse
Der Zyklon
und
Hans Dierlamms Lehrzeit

Zwei Erzählungen

Suhrkamp

Umschlagmotiv von Rolf Köhler
Der Zyklon: Erstdruck in *Die neue Rundschau*, Berlin vom Juli 1913.
Hans Dierlamms Lehrzeit: Erstdruck in *Über Land und Meer*,
Stuttgart vom Oktober 1908.
Redaktion: Volker Michels

suhrkamp taschenbuch 1377
Erste Auflage 1988
Der Zyklon aus Hermann Hesse, *Schön ist die Jugend*,

Hans Dierlamms Lehrzeit aus Hermann Hesse, *Die Erzählungen*,

Satz: LibroSatz, Kriftel/Taunus
Druck: Ebner Ulm
Printed in Germany
Umschlag nach Entwürfen von
Willy Fleckhaus und Rolf Staudt

1 2 3 4 5 6 – 93 92 91 90 89 88

Der Zyklon

Es war in der Mitte der neunziger Jahre, und ich tat damals Volontärdienst in einer kleinen Fabrik meiner Vaterstadt, die ich noch im selben Jahre für immer verließ. Ich war etwa achtzehn Jahre alt und wußte nichts davon, wie schön meine Jugend sei, obwohl ich sie täglich genoß und um mich her fühlte wie der Vogel die Luft. Ältere Leute, die sich der Jahrgänge im einzelnen nimmer besinnen mögen, brauchte ich nur daran zu erinnern, daß in dem Jahre, von dem ich erzähle, unsere Gegend von einem Zyklon oder Wettersturm heimgesucht wurde, dessengleichen in unserm Lande weder vorher noch später gesehen worden ist. In jenem Jahre ist es gewesen. Ich hatte mir vor zwei oder drei Tagen einen Stahlmeißel in die linke Hand gehauen. Sie hatte ein Loch und war geschwollen, ich mußte sie verbunden tragen und durfte nicht in die Werkstatt gehen.

Es ist mir erinnerlich, daß jenen ganzen Spätsommer hindurch unser enges Tal in einer unerhörten Schwüle lag und daß zuweilen tagelang ein Gewitter dem andern folgte. Es war eine heiße Unruhe in der Natur, von welcher ich freilich nur dumpf und unbewußt berührt wurde und deren ich mich doch noch in Kleinigkeiten entsinne. Abends zum Beispiel, wenn ich zum Angeln ging, fand ich von der wetterschwülen Luft die Fische seltsam aufgeregt, sie drängten unordentlich durcheinander, schlugen häufig aus dem lauen Wasser empor und gingen blindlings an die Angel. Nun war es endlich ein wenig kühler und stiller geworden, die Gewitter kamen seltener, und in der Morgenfrühe roch es schon ein wenig herbstlich.

Eines Morgens verließ ich unser Haus und ging meinem Vergnügen nach, ein Buch und ein Stück Brot in der Tasche. Wie ich es in der Bubenzeit gewohnt gewesen war, lief ich zuerst hinters Haus in den Garten, der noch im Schatten lag. Die Tannen, die mein Vater gepflanzt und die ich selber noch ganz jung und stangendünn gekannt hatte, standen hoch und stämmig, unter ihnen lagen hellbraune Nadelhaufen, und es wollte dort seit Jahren nichts mehr wachsen als Immergrün. Daneben aber in einer langen, schmalen Rabatte standen die Blumenstauden meiner Mutter, die leuchteten reich und fröhlich, und es wurden von ihnen auf jeden Sonntag große

Sträuße gepflückt. Da war ein Gewächs mit zinnoberroten Bündeln kleiner Blüten, das hieß brennende Liebe, und eine zarte Staude trug an dünnen Stengeln hängend viele herzförmige rote und weiße Blumen, die nannte man Frauenherzen, und ein anderer Strauch hieß die stinkende Hoffart. Nahebei standen hochstielige Astern, welche aber noch nicht zur Blüte gekommen waren, und dazwischen kroch am Boden mit weichen Stacheln die fette Hauswurz und der drollige Portulak, und dieses lange schmale Beet war unser Liebling und unser Traumgarten, weil da so vielerlei seltsame Blumen beieinander standen, welche uns merkwürdiger und lieber waren als alle Rosen in den beiden runden Beeten. Wenn hier die Sonne schien und auf der Efeumauer glänzte, dann hatte jede Staude ihre ganz eigene Art und Schönheit, die Gladiolen prahlten fett mit grellen Farben, der Heliotrop stand blau und wie verzaubert in seinen schmerzlichen Duft versunken, der Fuchsschwanz hing ergeben welkend herab, die Akelei aber stellte sich auf die Zehen und läutete mit ihren vierfältigen Sommerglocken. An den Goldruten und im blauen

Phlox schwärmten laut die Bienen, und über dem dicken Efeu rannten kleine braune Spinnen heftig hin und wider; über den Levkoien zitterten in der Luft jene raschen, launisch schwirrenden Schmetterlinge mit dicken Leibern und gläsernen Flügeln, die man Schwärmer oder Taubenschwänze heißt.

In meinem Feiertagsbehagen ging ich von einer Blume zur andern, roch da und dort an einer duftenden Dolde oder tat mit vorsichtigem Finger einen Blütenkelch auf, um hineinzuschauen und die geheimnisvollen bleichfarbenen Abgründe und die stille Ordnung von Adern und Stempeln, von weichhaarigen Fäden und kristallenen Rinnen zu betrachten. Dazwischen studierte ich den wolkigen Morgenhimmel, wo ein sonderbar verwirrtes Durcheinander von streifigen Dunstfäden und wollig flockigen Wölkchen herrschte. Mir schien, es werde gewiß heute wieder einmal ein Gewitter geben, und ich nahm mir vor, am Nachmittag ein paar Stunden zu angeln. Eifrig wälzte ich, in der Hoffnung, Regenwürmer zu finden, ein paar Tuffsteine aus der Wegeinfassung beiseite, aber es krochen nur Scharen von grauen, trockenen

Mauerasseln hervor und flüchteten verstört nach allen Seiten.

Ich besann mich, was nun zu unternehmen sei, und es wollte mir nicht sogleich etwas einfallen. Vor einem Jahre, als ich zum letztenmal Ferien gehabt hatte, da war ich noch ganz ein Knabe gewesen. Was ich damals am liebsten getrieben hatte, mit Haselnußbogen ins Ziel schießen, Drachen steigen lassen und die Mauslöcher auf den Feldern mit Schießpulver sprengen, das hatte alles den damaligen Reiz und Schimmer nicht mehr, als sei ein Teil meiner Seele müde geworden und antworte nimmer auf die Stimmen, die ihr einst lieb waren und Freude brachten.

Verwundert und in einer stillen Beklemmung blickte ich in dem wohlbekannten Bezirk meiner Knabenfreuden umher. Der kleine Garten, die blumengeschmückte Altane und der feuchte sonnenlose Hof mit seinem moosgrünen Pflaster sahen mich an und hatten ein anderes Gesicht als früher, und sogar die Blumen hatten etwas von ihrem unerschöpflichen Zauber eingebüßt. Schlicht und langweilig stand in der Gartenecke das alte Wasserfaß mit der Leitungsröhre; da hatte ich früher zu meines Vaters Pein halbe Tage lang das Wasser laufen lassen und hölzerne Mühlräder eingespannt, ich hatte auf dem Wege Dämme gebaut und Kanäle und mächtige Überschwemmungen veranstaltet. Das verwitterte Wasserfaß war mir ein treuer Liebling und Zeitvertreiber gewesen, und indem ich es ansah, zuckte sogar ein Nachhall jener Kinderwonne in mir auf, allein sie schmeckte traurig, und das Faß war kein Quell, kein Strom und kein Niagara mehr.

Nachdenklich kletterte ich über den Zaun, eine blaue Windenblüte streifte mir das Gesicht, ich riß sie ab und steckte sie in den Mund. Ich war nun entschlossen, einen Spaziergang zu machen und vom Berg herunter auf unsere Stadt zu sehen. Spazierengehen war auch so ein halbfrohes Unternehmen, das mir in früheren Zeiten niemals in den Sinn gekommen wäre. Ein Knabe geht nicht spazieren. Er geht in den Wald als Räuber, als Ritter oder Indianer, er geht an den Fluß als Flößer und Fischer oder Mühlenbauer, er läuft in die Wiesen zur Schmetterlings- und Eidechsenjagd. Und so erschien mir mein Spaziergang als das würdige und etwas langweilige Tun eines Erwachsenen, der nicht recht weiß, was er mit sich anzufangen hat.

Meine blaue Winde war bald welk und weggeworfen, und ich nagte jetzt an einem Buchsbaumzweig, den ich mir abgerissen hatte, er schmeckte bitter und gewürzig. Beim Bahndamm, wo der hohe Ginster stand, lief mir eine grüne Eidechse vor den Füßen weg, da wachte doch das Knabentum wieder in mir auf, und ich ruhte nicht und lief und schlich und lauerte, bis ich das ängstliche Tier sonnenwarm in meinen Händen hielt. Ich sah ihm in die blanken kleinen Edelsteinaugen und fühlte mit einem Nachhall ehemaliger Jagdseligkeit den geschmeidigen kräftigen Leib und die harten Beine zwischen meinen Fingern sich wehren und stemmen. Dann aber war die Lust erschöpft, und ich wußte nicht mehr, was ich mit dem gefangenen Tier beginnen sollte. Es war nichts damit, es war kein Glück mehr dabei. Ich bückte mich nieder und öffnete meine Hand, die Eidechse hielt verwundert einen Augenblick mit heftig atmenden Flanken still und verschwand eifrig im Grase. Ein Zug fuhr auf den glänzenden Eisenschienen daher und an mir vorbei, ich sah ihm nach und fühlte einen Augenblick ganz klar, daß mir hier keine wahre Lust mehr blühen könne, und wünschte inbrünstig, mit diesem Zuge fort und in die Welt zu fahren.

Ich hielt Umschau, ob nicht der Bahnwärter in der Nähe sei, und da nichts zu sehen noch zu hören war, sprang ich schnell über die Geleise und kletterte jenseits an den hohen roten Sandsteinfelsen empor, in welchen da und dort noch die geschwärzten Sprenglöcher vom Bahnbau her zu sehen waren. Der Durchschlupf nach oben war mir bekannt, ich hielt mich an den zähen, schon verblühten Ginsterbesen fest. In dem roten Gestein atmete eine trockene Sonnenwärme, der heiße Sand rieselte mir beim Klettern in die Ärmel, und wenn ich über mich sah, stand über der senkrechten Steinwand erstaunlich nah und fest der warme leuchtende Himmel. Und plötzlich war ich oben, ich konnte mich an dem Steinrande aufstemmen, die Knie nachziehen, mich an einem dünnen, dornigen Akazienstämmchen festhalten und war nun auf einem verlorenen, steil ansteigenden Graslande.

Diese stille kleine Wildnis, unter welcher in steiler Verkürzung die Eisenbahnzüge wegfahren, war mir früher ein lieber Aufenthalt gewesen. Außer dem zähen, verwilderten Grase, das nicht gemäht werden konnte, wuchsen hier kleine, feindornige Rosensträucher und ein paar vom Winde ausgesäte, kümmerliche Akazienbäumchen, durch deren dünne, transparente Blätter die Sonne schien. Auf dieser Grasinsel, die auch von oben her durch ein rotes Felsenband abgeschnitten war, hatte ich einst als Robinson gehaust, der einsame Landstrich gehörte niemandem, als wer den Mut und die Abenteuerlaune hatte, ihn durch senkrechtes Klettern zu erobern. Hier hatte ich als Zwölfjähriger mit dem Meißel meinen Namen in den Stein gehauen, hier hatte ich einst die Rosa von Tannenburg gelesen und ein kindliches Drama gedichtet, das vom tapferen Häuptling eines untergehenden Indianerstammes handelte.

Das sonnverbrannte Gras hing in bleichen, weißlichen Strähnen an der steilen Halde, das durchglühte Ginsterlaub roch stark und bitter in der windstillen Wärme. Ich streckte mich in die trockene Dürre, sah die feinen Akazienblätter in ihrer peinlich zierlichen Anordnung grell durchsonnt in dem satten blauen Himmel ruhen und dachte nach. Es schien mir die rechte Stunde zu sein, um mein Leben und meine Zukunft vor mir auszubreiten.

Doch vermochte ich nichts Neues zu entdecken. Ich sah nur die merkwürdige Verarmung, die mich von allen Seiten bedrohte, das unheimliche Erblassen und Hinwelken erprobter Freuden und liebgewordener Gedanken. Für das, was ich widerwillig hatte hingeben müssen, für die ganze verlorene Knabenseligkeit war mein Beruf mir kein Ersatz, ich liebte ihn wenig und bin ihm auch nicht lange treu geblieben. Er war für mich nichts als ein Weg in die Welt hinaus, wo ohne Zweifel irgendwo neue Befriedigungen zu finden wären. Welcher Art konnten diese sein?

Man konnte die Welt sehen und Geld verdienen, man brauchte Vater und Mutter nimmer zu fragen, ehe man etwas tat und unternahm, man konnte sonntags Kegel schieben und Bier trinken. Dieses alles aber, sah ich wohl, waren nur Nebensachen und keineswegs der Sinn des neuen Lebens, das mich erwartete. Der eigentliche Sinn lag anderswo, tiefer, schöner, geheimnisvoller, und er hing, so fühlte ich, mit den Mädchen und mit der Liebe zusammen. Da mußte eine tiefe Lust und Befriedigung verborgen sein, sonst wäre das Opfer der Knabenfreuden ohne Sinn gewesen.

Von der Liebe wußte ich wohl, ich hatte manches Liebespaar gesehen und wunderbar berauschende Liebesdichtungen gelesen. Ich hatte mich auch selber schon mehrere Male verliebt und in Träumen etwas von der Süßigkeit empfunden, um die ein Mann sein Leben einsetzt und die der Sinn seines Tuns und Strebens ist. Ich hatte Schulkameraden, die schon jetzt mit Mädchen gingen, und ich hatte in der Werkstatt Kollegen, die von den sonntäglichen Tanzböden und von nächtlich erstiegenen Kammerfenstern ohne Scheu zu erzählen wußten. Mir selbst indessen war die Liebe noch ein verschlossener Garten, vor dessen Pforte ich in schüchterner Sehnsucht wartete.

Erst in der letzten Woche, kurz vor meinem Unfall mit dem Meißel, war der erste klare Ruf an mich ergangen, und seitdem war ich in diesem unruhig nachdenklichen Zustande eines Abschiednehmenden, seitdem war mein bisheriges Leben mir zur Vergangenheit und war der Sinn der Zukunft mir deutlich geworden. Unser zweiter Lehrbube hatte mich eines Abends beiseite genommen und mir auf dem Heimweg berichtet, er wisse mir eine schöne Liebste, sie habe noch keinen Schatz gehabt und wolle keinen andern als mich, und sie habe einen seidenen Geldbeutel gestickt, den wolle sie mir schenken. Ihren Namen wollte er nicht sagen, ich werde ihn schon selber erraten können. Als ich dann drängte und fragte und schließlich geringschätzig tat, blieb er stehen – wir waren eben auf dem Mühlensteg überm Wasser – und sagte leise: »Sie geht gerade hinter uns.« Verlegen drehte ich mich um, halb hoffend und halb fürchtend, es sei doch alles nur ein dummer Scherz. Da kam hinter uns die Brückenstufen herauf ein junges Mädchen aus der Baumwollspinnerei gegangen, die Berta Vögtlin, die ich vom Konfirmandenunterricht her noch kannte. Sie blieb stehen, sah mich an und lächelte und wurde langsam rot, bis ihr ganzes Gesicht in Flammen stand. Ich lief schnell weiter und nach Hause.

Seither hatte sie mich zweimal aufgesucht, einmal in der Spinnerei, wo wir Arbeit hatten, und einmal abends beim Heimgehen, doch hatte sie nur grüß Gott gesagt und dann: »Auch schon Feierabend?« Das bedeutet, daß man ein Gespräch anzuknüpfen willens ist; ich hatte aber nur genickt und ja gesagt und war verlegen fortgegangen.

An dieser Geschichte hingen nun meine Gedanken fest und fanden sich nicht zurecht. Ein hübsches Mädchen liebzuhaben, davon hatte ich schon oft mit tiefem Verlangen geträumt. Da war nun eine, hübsch und blond und etwas größer als ich, die wollte von mir geküßt sein und in meinen Armen ruhen. Sie war groß und kräftig gewachsen, sie war weiß und rot und hübsch von Gesicht, an ihrem Nacken spielte schattiges Haargekräusel, und ihr Blick war voll Erwartung und Liebe. Aber ich hatte nie an sie gedacht, ich war nie in sie verliebt gewesen, ich war ihr nie in zärtlichen Träumen nachgegangen und hatte nie mit Zittern ihren Namen in mein Kissen geflüstert. Ich durfte sie, wenn ich wollte, liebkosen und zu eigen haben, aber ich konnte sie nicht verehren und nicht vor ihr knien und anbeten. Was sollte daraus werden? Was sollte ich tun?

Unmutig stand ich von meinem Graslager auf. Ach, es war eine üble Zeit. Wollte Gott, mein Fabrikjahr wäre schon morgen um und ich könnte wegreisen, weit von hier, und neu anfangen und das alles vergessen.

Um nur etwas zu tun und mich leben zu fühlen, beschloß ich, vollends auf den Berg zu steigen, so mühsam es von hier aus war. Da droben war man hoch über dem Städtchen und konnte in die Ferne sehen. Im Sturm lief ich die Halde hinan bis zum oberen Felsen, klemmte mich zwischen den Steinen empor und zwängte mich auf das hohe Gelände, wo der unwirtliche Berg in Gesträuch und lockeren Felstrümmern verlief. In Schweiß und Atemklemme kam ich hinan und atmete befreiter im schwachen Luftzug der sonnigen Höhe. Verblühende Rosen hingen locker an den Ranken und ließen müde blasse Blätter sinken, wenn ich vorüberstreifte. Grüne kleine Brombeeren wuchsen überall und hatten nur an der Sonnenseite den ersten schwachen Schimmer von metallischem Braun.

Distelfalter flogen ruhig in der stillen Wärme

einher und zogen Farbenblitze durch die Luft, auf einer bläulich überhauchten Schafgarbendolde saßen zahllose rot und schwarz gefleckte Käfer, eine sonderbare lautlose Versammlung, und bewegten automatenhaft ihre langen, hageren Beine. Vom Himmel waren längst alle Wolken verschwunden, er stand in reinem Blau, von den schwarzen Tannenspitzen der nahen Waldberge scharf durchschnitten.

Auf dem obersten Felsen, wo wir als Schulknaben stets unsere Herbstfeuer angezündet hatten, hielt ich an und wendete mich um. Da sah ich tief im halbschattigen Tal den Fluß aufglänzen und die weißschaumigen Mühlenwehre blitzen, und eng in die Tiefe gebettet unsere alte Stadt mit braunen Dächern, über denen still und steil der blaue mittägliche Herdrauch in die Lüfte stieg. Da stand meines Vaters Haus und die alte Brücke, da stand unsere Werkstatt, in der ich klein und rot das Schmiedefeuer glimmen sah, und weiter flußab die Spinnerei, auf deren flachem Dache Gras wuchs und hinter deren blanken Scheiben mit vielen andern auch die Berta Vögtlin ihrer Arbeit nachging. Ach die! Ich wollte nichts von ihr wissen.

Die Vaterstadt sah wohlbekannt in der alten Vertrautheit zu mir herauf mit allen Gärten, Spielplätzen und Winkeln, die goldenen Zahlen der Kirchenuhr glänzten listig in der Sonne auf, und im schattigen Mühlkanal standen Häuser und Bäume klar in kühler Schwärze gespiegelt. Nur ich selber war anders geworden, und nur an mir lag es, daß zwischen mir und diesem Bilde ein gespenstischer Schleier der Entfremdung hing. In diesem kleinen Bezirk von Mauern, Fluß und Wald lag mein Leben nicht mehr sicher und zufrieden eingeschlossen, es hing wohl noch mit starken Fäden an diese Stätten geknüpft, war aber nicht mehr eingewachsen und umfriedet, sondern schlug überall mit Wogen der Sehnsucht über die engen Grenzen ins Weite. Indem ich mit einer eigentümlichen Trauer hinuntersah, stiegen alle meine geheimen Lebenshoffnungen feierlich in meinem Gemüte auf, Worte meines Vaters und Worte der verehrten Dichter zusammen mit meinen eigenen heimlichen Gelübden, und es schien mir eine ernsthafte, doch köstliche Sache, ein Mann zu werden und mein eigenes Schicksal bewußt in Händen zu halten. Und alsbald fiel dieser Gedanke wie ein Licht in die Zweifel, die mich wegen der Angelegenheit mit Berta Vögtlin bedrängten. Mochte sie hübsch sein und mich gern haben; es war nicht meine Sache, das Glück so fertig und unerworben mir von Mädchenhänden schenken zu lassen.

Es war nicht mehr lange bis Mittag. Die Lust am Klettern war mir verflogen, nachdenklich stieg ich den Fußweg nach der Stadt hinab, unter der kleinen Eisenbahnbrücke durch, wo ich in früheren Jahren jeden Sommer in den dichten Brennesseln die dunkeln pelzigen Raupen der Pfauenaugen erbeutet hatte, und an der Friedhofmauer vorbei, vor deren Pforte ein moosiger Nußbaum dichten Schatten streute. Das Tor stand offen, und ich hörte von drinnen den Brunnen plätschern. Gleich nebenan lag der Spiel- und Festplatz der Stadt, wo beim Maienfest und am Sedanstag gegessen und getrunken, geredet und getanzt wurde. Jetzt lag er still und vergessen im Schatten der uralten, mächtigen Kastanien, mit grellen Sonnenflecken auf dem rötlichen Sande.

Hier unten im Tal, auf der sonnigen Straße den Fluß entlang, brannte eine erbarmungslose Mittagshitze, hier standen, auf der Flußseite den grell bestrahlten Häusern gegenüber, die spärlichen Eschen und Ahorne dünnlaubig und schon spätsommerlich angegilbt. Wie es meine Gewohnheit war, ging ich auf der Wasserseite und schaute nach den Fischen aus. Im glashellen Flusse wedelte mit langen, wallenden Bewegungen das dichte bärtige Seegras, dazwischen in dunkeln, mir genau bekannten Lücken stand da und dort vereinzelt ein dicker Fisch träge und regungslos, die Schnauze gegen die Strömung gerichtet, und obenhin jagten zuweilen in kleinen dunkeln Schwärmen die jungen Weißfische hin. Ich sah, daß es gut gewesen war, diesen Morgen nicht zum Angeln zu gehen, aber die Luft und das Wasser und die Art, wie zwischen zwei großen runden Steinen eine dunkle alte Barbe ausruhend im klaren Wasser stand, sagte mir verheißungsvoll, es werde heut am Nachmittag wahrscheinlich etwas zu fangen sein. Ich merkte es mir und ging weiter und atmete tief auf, als ich von der blendenden Straße durch die Einfahrt in den kellerkühlen Flur unseres Hauses trat.

»Ich glaube, wir werden heute wieder ein

Gewitter haben«, sagte bei Tische mein Vater, der ein zartes Wettergefühl besaß. Ich wandte ein, daß kein Wölkchen am Himmel und kein Hauch von Westwind zu spüren sei, aber er lächelte und sagte: »Fühlst du nicht, wie die Luft gespannt ist? Wir werden sehen.«

Es war allerdings schwül genug, und der Abwasserkanal roch heftig wie bei Föhnbeginn. Ich spürte von dem Klettern und von der eingeatmeten Hitze nachträglich eine Müdigkeit und setzte mich gegen den Garten auf die Veranda. Mit schwacher Aufmerksamkeit und oft von leichtem Schlummer unterbrochen las ich in der Geschichte des Generals Gordon, des Helden von Chartum, und immer mehr schien es nun auch mir, es müsse bald ein Gewitter kommen. Der Himmel stand nach wie vor im reinsten Blau, aber die Luft wurde immer bedrückender, als lägen durchglühte Wolkenschichten vor der Sonne, die doch klar in der Höhe stand. Um zwei Uhr ging ich in das Haus zurück und begann mein Angelzeug zu rüsten. Während ich meine Schnüre und Haken untersuchte, fühlte ich die innige Erregung der Jagd voraus und empfand mit Dankbarkeit, daß doch dieses eine, tiefe, leidenschaftliche Vergnügen mir geblieben sei.

Die sonderbar schwüle, gepreßte Stille jenes Nachmittags ist mir unvergeßlich geblieben. Ich trug meinen Fischeimer flußabwärts bis zum unteren Steg, der schon zur Hälfte im Schatten der hohen Häuser lag. Von der nahen Spinnerei hörte man das gleichmäßige, einschläfernde Surren der Maschinen, einem Bienenfluge ähnlich, und von der Obermühle her schnarrte jede Minute das böse, schartige Kreischen der Kreissäge. Sonst war es ganz still, die Handwerker hatten sich in den Schatten der Werkstätten zurückgezogen, und kein Mensch zeigte sich auf der Gasse. Auf der Mühlinsel watete ein kleiner Bub nackt zwischen den nassen Steinen umher. Vor der Werkstatt des Wagnermeisters lehnten rohe Holzdielen an der Wand und dufteten in der Sonne überstark, der trockene Geruch kam bis zu mir herüber und war durch den satten, etwas fischigen Wasserduft hindurch deutlich zu spüren.

Die Fische hatten das ungewöhnliche Wetter auch bemerkt und verhielten sich launisch. Ein paar Rotaugen gingen in der ersten Viertelstunde an die Angel, ein schwerer breiter Kerl mit schönen roten Bauchflossen riß mir die Schnur ab, als ich ihn schon beinahe in Händen hatte. Gleich darauf kam eine Unruhe in die Tiere, die Rotaugen gingen tief in den Schlamm und sahen keinen Köder mehr an, oben aber wurden Schwärme von jungem, jährigem Fischzeug sichtbar und zogen in immer neuen Scharen wie auf einer Flucht flußaufwärts. Alles deutete darauf, daß anderes Wetter im Anzug sei, aber die Luft stand still wie Glas, und der Himmel war ohne Trübung.

Mir schien, es müsse irgendein schlechtes Abwasser die Fische vertrieben haben, und da ich noch nicht nachzugeben gesonnen war, besann ich mich auf einen neuen Standort und suchte den Kanal der Spinnerei auf. Kaum hatte ich dort einen Platz bei dem Schuppen gefunden und meine Sachen ausgepackt, so tauchte an einem Treppenfenster der Fabrik die Berta auf, schaute herüber und winkte mir. Ich tat aber, als sähe ich es nicht, und bückte mich über meine Angel.

Das Wasser strömte dunkel in dem gemauerten Kanal, ich sah meine Gestalt darin mit wellig zitternden Umrissen gespiegelt, sitzend, der Kopf zwischen den Fußsohlen. Das Mädchen, das noch drüben am Fenster stand, rief meinen Namen herüber, ich starrte aber regungslos ins Wasser und wendete den Kopf nicht um.

Mit dem Angeln war es nichts, auch hier trieben sich die Fische hastig wie in eiligen Geschäften umher. Von der bedrückenden Wärme ermüdet, blieb ich auf dem Mäuerlein sitzen, nichts mehr von diesem Tag erwartend, und wünschte, es möchte schon Abend sein. Hinter mir summte in den Sälen der Spinnerei das ewige Maschinengetöne, der Kanal rieb sich leise rauschend an den grünbemoosten, feuchten Mauern. Ich war voll schläfriger Gleichgültigkeit und blieb nur sitzen, weil ich zu träge war, meine Schnur schon wieder aufzuwickeln.

Aus dieser faulen Dämmerung erwachte ich, vielleicht nach einer halben Stunde, plötzlich mit einem Gefühl von Sorge und tiefem Unbehagen. Ein unruhiger Windzug drehte sich gepreßt und widerwillig um sich selber, die Luft war dick und schmeckte fad, ein paar Schwalben flogen erschreckt dicht über dem Wasser hinweg. Mir war schwindlig, und ich meinte, vielleicht einen Sonnenstich zu haben, das Wasser schien stärker zu riechen, und mir begann ein übles Gefühl, wie vom Magen her, den Kopf einzunehmen und den Schweiß zu treiben. Ich zog die Angelschnur heraus, um meine Hände an den Wassertropfen zu erfrischen, und begann mein Zeug zusammenzupacken.

Als ich aufstand, sah ich auf dem Platz vor der Spinnerei den Staub in kleinen spielenden Wölkchen wirbeln, plötzlich stieg er hoch und in eine einzige Wolke zusammen, hoch oben in den erregten Lüften flogen Vögel wie gepeitscht davon, und gleich darauf sah ich talherabwärts die Luft weiß werden wie in einem dicken Schneesturm. Der Wind, sonderbar kühl geworden, sprang wie ein Feind auf mich herab, riß die Fischleine aus dem Wasser, nahm meine Mütze und schlug mich wie mit Fäusten ins Gesicht.

Die weiße Luft, die eben noch wie eine Schneewand über fernen Dächern gestanden hatte, war plötzlich um mich her, kalt und schmerzhaft, das Kanalwasser spritzte hoch auf wie unter schnellen Mühlradschlägen, die

Angelschnur war fort, und um mich her tobte schnaubend und vernichtend eine weiße brüllende Wildnis, Schläge trafen mir Kopf und Hände, Erde spritzte an mir empor, Sand und Holzstücke wirbelten in der Luft.

Alles war mir unverständlich; ich fühlte nur, daß etwas Furchtbares geschehe und daß Gefahr sei. Mit einem Satz war ich beim Schuppen und drinnen, blind vor Überraschung und Schrecken. Ich hielt mich an einem eisernen Träger fest und stand betäubte Sekunden atemlos in Schwindel und animalischer Angst, bis ich zu begreifen begann. Ein Sturm, wie ich ihn nie gesehen oder für möglich gehalten hatte, riß teuflisch vorüber, in der Höhe klang ein banges oder wildes Sausen, auf das flache Dach über mir und auf den Erdboden vor dem Eingang stürzte weiß in dicken Haufen ein grober Hagel, dicke Eiskörner rollten zu mir herein. Der Lärm von Hagel und Wind war furchtbar, der Kanal schäumte gepeitscht und stieg in unruhigen Wogen an den Mauern auf und nieder.

Ich sah, alles in einer Minute, Bretter, Dachschindeln und Baumzweige durch die Luft dahingerissen, fallende Steine und Mörtelstücke, alsbald von der Masse der darüber geschleuderten Hagelschloßen bedeckt; ich hörte wie unter raschen Hammerschlägen Ziegel brechen und stürzen, Glas zersplittern, Dachrinnen stürzen.

Jetzt kam ein Mensch dahergelaufen, von der Fabrik her quer über den eisbedeckten Hof, mit flatternden Kleidern schräg wider den Sturm gelegt. Kämpfend taumelte die Gestalt näher, mir entgegen, mitten aus der scheußlich durcheinandergewühlten Sintflut. Sie trat in den Schuppen, lief auf mich zu, ein stilles fremd-bekanntes Gesicht mit großen liebevollen Augen schwebte mit schmerzlichem Lächeln dicht vor meinem Blick, ein stiller warmer Mund suchte meinen Mund und küßte mich lange in atemloser Unersättlichkeit, Hände umschlangen meinen Hals, und blondes feuchtes Haar preßte sich an meine Wangen, und während ringsum der Hagelsturm die Welt erschütterte, überfiel ein stummer, banger Liebessturm mich tiefer und schrecklicher.

Wir saßen auf einem Bretterstoß, ohne Worte, eng umschlungen, ich streichelte scheu und verwundert Bertas Haar und drückte meine Lippen auf ihren starken, vollen Mund, ihre Wärme umschloß mich süß und schmerzlich. Ich tat die Augen zu, und sie drückte meinen Kopf an ihre klopfende Brust, in ihren Schoß und strich mit leisen, irren Händen über mein Gesicht und Haar.

Da ich die Augen aufschlug, von einem Sturz in Schwindelfinsternis erwachend, stand ihr ernstes, kräftiges Gesicht in trauriger Schönheit über mir, und ihre Augen sahen mich verloren an. Von ihrer hellen Stirne lief, unter den verwirrten Haaren hervor, ein schmaler Streifen hellroten Blutes über das ganze Gesicht und bis in den Hals hinab.

»Was ist? Was ist denn geschehen?« rief ich angstvoll.

Sie sah mir tiefer in die Augen und lächelte schwach.

»Ich glaube, die Welt geht unter«, sagte sie leise, und der dröhnende Wetterlärm verschlang ihre Worte.

»Du blutest«, sagte ich.

»Das ist vom Hagel. Laß nur! Hast du Angst?«

»Nein. Aber du?«

»Ich habe keine Angst. Ach du, jetzt fällt

die ganze Stadt zusammen. Hast du mich denn gar nicht lieb, du?«

Ich schwieg und schaute gebannt in ihre großen, klaren Augen, die waren voll betrübter Liebe, und während sie sich über meine senkten und während ihr Mund so schwer und zehrend auf meinem lag, sah ich unverwandt in ihre ernsten Augen, und am linken Auge vorbei lief über die weiße, frische Haut das dünne hellrote Blut. Und indessen meine Sinne trunken taumelten, strebte mein Herz davon und wehrte sich mit Verzweiflung dagegen, so im Sturm und wider seinen Willen weggenommen zu werden. Ich richtete mich auf, und sie las in meinem Blick, daß ich Mitleid mit ihr habe.

Da bog sie sich zurück und sah mich wie zürnend an, und da ich ihr in einer Bewegung von Bedauern und Sorge die Hand hinstreckte, nahm sie die Hand mit ihren beiden, senkte ihr Gesicht darein, sank kniend nieder und begann zu weinen, und ihre Tränen liefen warm über meine zuckende Hand. Verlegen schaute ich zu ihr nieder, ihr Kopf lag schluchzend über meiner Hand, auf ihrem Nacken spielte schattig ein weicher Haarflaum. Wenn das nun eine andere wäre, dachte ich heftig, eine, die ich wirklich liebte und der ich meine Seele hingeben könnte, wie wollte ich in diesem süßen Flaum mit liebenden Fingern wühlen und diesen weißen Nacken küssen! Aber mein Blut war stiller geworden, und ich litt Qualen der Scham darüber, diese da zu meinen Füßen knien zu sehen, welcher ich nicht gewillt war, meine Jugend und meinen Stolz hinzugeben.

Dieses alles, das ich durchlebte wie ein verzaubertes Jahr und das mir heute noch mit hundert kleinen Regungen und Gebärden wie ein großer Zeitraum im Gedächtnis steht, hat in der Wirklichkeit nur wenige Minuten gedauert. Eine Helligkeit brach unvermutet herein, Stücke blauen Himmels schienen feucht in versöhnlicher Unschuld hervor, und plötzlich, messerscharf abgeschnitten, fiel das Sturmgetöse in sich zusammen, und eine erstaunliche, unglaubhafte Stille umgab uns.

Wie aus einer phantastischen Traumhöhle trat ich aus dem Schuppen hervor an den wiedergekehrten Tag, verwundert, daß ich noch lebte. Der öde Hof sah übel aus, die Erde zerwühlt und wie von Pferden zertreten, überall Haufen von großen eisigen Schloßen, mein Angelzeug war fort und auch der Fischeimer verschwunden. Die Fabrik war voll Menschengetöse, ich sah durch hundert zerschlagene Scheiben in die wogenden Säle, aus allen Türen drängten Menschen hervor. Der Boden lag voll von Glasscherben und zerborstenen Ziegelsteinen, eine lange blecherne Dachrinne war losgerissen und hing schräg und verbogen über das halbe Haus herab.

Nun vergaß ich alles, was eben noch gewesen war, und fühlte nichts als eine wilde, ängstliche Neugierde, zu sehen, was eigentlich passiert wäre und wieviel Schlimmes das Wetter angerichtet habe. Alle die zerschlagenen Fenster und Dachziegel der Fabrik sahen im ersten Augenblick recht wüst und trostlos aus, aber schließlich war doch das alles nicht gar so gräßlich und stand nicht recht im Verhältnis zum furchtbaren Eindruck, den der Zyklon mir gemacht hatte. Ich atmete auf, befreit und halb auch wunderlich enttäuscht und ernüchtert: die Häuser standen wie zuvor, und zu beiden Seiten des Tales waren auch die Berge noch da. Nein, die Welt war nicht untergegangen.

Indessen, als ich den Fabrikhof verließ und über die Brücke in die erste Gasse kam, gewann das Unheil doch wieder ein schlimmeres Ansehen. Das Sträßlein lag voll von Scherben und zerbrochenen Fensterläden, Schornsteine waren herabgestürzt und hatten Stücke der Dächer mitgerissen, Menschen standen vor allen Türen, bestürzt und klagend, alles, wie ich es auf Bildern belagerter und eroberter Städte gesehen hatte. Steingeröll und Baumäste versperrten den Weg. Fensterlöcher starrten überall hinter Splittern und Scherben, Gartenzäune lagen am Boden oder hingen klappernd über Mauern herab. Kinder wurden vermißt und gesucht, Menschen sollten auf den Feldern vom Hagel erschlagen worden sein. Man zeigte Hagelstücke herum, groß wie Talerstücke und noch größere.

Noch war ich zu erregt, um nach Hause zu gehen und den Schaden im eigenen Hause und Garten zu betrachten; auch fiel mir nicht ein, daß man mich vermissen könnte, es war mir ja nichts geschehen. Ich beschloß, noch einen Gang ins Freie zu tun, statt weiter durch die Scherben zu stolpern, und mein Lieblingsort kam mir verlockend in den Sinn, der alte

Festplatz neben dem Friedhof, in dessen Schatten ich alle großen Feste meiner Knabenjahre gefeiert hatte. Verwundert stellte ich fest, daß ich erst vor vier, fünf Stunden auf dem Heimweg von den Felsen dort vorübergegangen sei; es schienen mir lange Zeiten seither vergangen.

Und so ging ich die Gasse zurück und über die untere Brücke, sah unterwegs durch eine Gartenlücke unsern roten sandsteinernen Kirchturm wohlerhalten stehen und fand auch die Turnhalle nur wenig beschädigt. Weiter drüben stand einsam ein altes Wirtshaus, dessen Dach ich von weitem erkannte. Es stand wie sonst, sah aber doch sonderbar verändert aus, ich wußte nicht gleich warum. Erst als ich mir Mühe gab, mich genau zu besinnen, fiel mir ein, daß vor dem Wirtshaus immer zwei hohe Pappeln gestanden hatten. Diese Pappeln waren nicht mehr da. Ein uralt vertrauter Anblick war zerstört, eine liebe Stelle geschändet.

Da stieg mir eine böse Ahnung auf, es möchte noch mehr und noch Edleres verdorben sein. Mit einemmal fühlte ich mit beklemmender Neuheit, wie sehr ich meine

Heimat liebte, wie tief mein Herz und Wohlsein abhängig war von diesen Dächern und Türmen, Brücken und Gassen, von den Bäumen, Gärten und Wäldern. In neuer Erregung und Sorge lief ich rascher, bis ich drüben bei dem Festplatze war.

Da stand ich still und sah den Ort meiner liebsten Erinnerungen namenlos verwüstet in völliger Zerstörung liegen. Die alten Kastanien, in deren Schatten wir unsere Festtage gehabt hatten und deren Stämme wir als Schulknaben zu dreien und vieren kaum hatten umarmen können, die lagen abgebrochen, geborsten, mit den Wurzeln ausgerissen und umgestülpt, daß hausgroße Löcher im Boden klafften. Nicht einer stand mehr an seinem Platze, es war ein schauerhaftes Schlachtfeld, und auch die Linden und die Ahorne waren gefallen, Baum an Baum. Der weite Platz war ein ungeheurer Trümmerhaufen von Ästen, gespaltenen Stämmen, Wurzeln und Erdblöcken, mächtige Stämme standen noch im Boden, aber ohne Baum, abgeknickt und abgedreht mit tausend weißen, nackten Splittern.

Es war nicht möglich weiterzugehen, Platz

und Straße waren haushoch von durcheinandergeworfenen Stämmen und Baumtrümmern gesperrt, und wo ich seit den ersten Kinderzeiten nur tiefen heiligen Schatten und hohe Baumtempel gekannt hatte, starrte der leere Himmel über der Vernichtung.

Mir war, als sei ich selber mit allen geheimen Wurzeln ausgerissen und in den unerbittlich grellen Tag gespien worden. Tagelang ging ich umher und fand keinen Waldweg, keinen vertrauten Nußbaumschatten, keine von den Eichen der Bubenkletterzeit mehr wieder, überall weit um die Stadt nur Trümmer, Löcher, gebrochene Waldhänge wie Gras hingemäht, Baumleichen klagend mit entblößtem Wurzelwerk zur Sonne gekehrt. Zwischen mir und meiner Kindheit war eine Kluft aufgebrochen, und meine Heimat war nicht die alte mehr. Die Lieblichkeit und die Torheit der gewesenen Jahre fielen von mir ab, und bald darauf verließ ich die Stadt, um ein Mann zu werden und das Leben zu bestehen, dessen erste Schatten mich in diesen Tagen gestreift hatten.

(1913)

Hans Dierlamms Lehrzeit

I

Der Lederhändler Ewald Dierlamm, den man seit längerer Zeit nicht mehr als Gerber anreden durfte, hatte einen Sohn namens Hans, an den er viel rückte und der die höhere Realschule in Stuttgart besuchte. Dort nahm der kräftige und muntere junge Mensch zwar an Jahren, aber nicht an Weisheit und Ehren zu. Indem er jede Klasse zweimal absitzen mußte, sonst aber ein zufriedenes Leben mit Theaterbesuchen und Bierabenden führte, erreichte er schließlich das achtzehnte Jahr und war schon zu einem ganz stattlichen jungen Herrn gediehen, während seine derzeitigen Mitschüler noch bartlose und unreife Jünglinglein waren. Da er nun aber auch mit diesem Jahrgang nicht lange Schritt hielt, sondern den Schauplatz seines Vergnügens und Ehrgeizes durchaus in einem unwissenschaftlichen Welt- und Herrenleben suchte, ward seinem Vater nahegelegt, er möge den leichtsinnigen Jungen von der Schule nehmen, wo er sich und andre verderbe. So kam Hans eines Tages im schönsten Frühjahr mit seinem betrübten Vater heim nach Gerbersau gefahren, und es war nun die Frage, was mit dem Ungeratenen anzufangen sei. Denn um ihn ins Militär zu stecken, wie der Familienrat gewünscht hatte, dazu war es für diesen Frühling schon zu spät.

Da trat der junge Hans selber zu der Eltern Erstaunen mit dem Wunsche hervor, man solle ihn als Praktikanten in eine Maschinenwerkstätte gehen lassen, da er Lust und Begabung zu einem Ingenieur in sich verspüre. In der Hauptsache war es ihm damit voller Ernst, daneben hegte er aber noch die verschwiegene Hoffnung, man werde ihn in eine Großstadt tun, wo die besten Fabriken wären und wo er außer dem Beruf auch noch manche angenehme Gelegenheiten zum Zeitvertreib und Vergnügen zu finden dachte. Damit hatte er sich jedoch verrechnet. Denn nach den nötigen Beratungen teilte der Vater ihm mit, er sei zwar gesonnen, ihm seinen Wunsch zu erfüllen, halte es aber für rätlich, ihn einstweilen hier am Orte zu behalten, wo es vielleicht nicht die allerbesten Werkstätten und Lehrplätze, dafür aber auch keine Versuchungen und Abwege gebe. Das letztere war nun freilich auch nicht vollkommen richtig, wie sich später zeigen sollte, aber es war wohlgemeint, und so mußte Hans Dierlamm sich entschließen, den neuen Lebensweg unter väterlicher Beaufsichtigung im Heimatstädtchen anzutreten. Der Mechaniker Haager fand sich bereit, ihn aufzunehmen, und etwas befangen ging jetzt der flotte Jüngling täglich seinen Arbeitsweg von der Münzgasse bis zur unteren Insel, angetan mit einem blauen Leinenanzug, wie alle Schlosser einen tragen. Diese Gänge machten ihm anfangs einige Beschwerde, da er vor seinen Mitbürgern bisher in ziemlich feinen Kleidern zu erscheinen gewohnt gewesen war. Doch wußte er sich bald dareinzufinden und tat, als trage er sein Leinenkleid gewissermaßen zum Spaß wie einen Maskenanzug. Die Arbeit selbst aber tat ihm, der so lange Zeit unnütz in Schulen herumgesessen war, sehr gut, ja sie gefiel ihm sogar und regte erst die Neugierde, dann den Ehrgeiz, schließlich eine ehrliche Freude in ihm auf.

Die Haagersche Werkstatt lag dicht am Flusse, zu Füßen einer größeren Fabrik, deren Maschinen mit Instandhalten und Reparaturen dem jungen Meister Haager hauptsächlich zu arbeiten und zu verdienen gaben. Die Werkstätte war klein und alt, bis vor wenigen Jahren hatte der Vater Haager dort geherrscht und gutes Geld verdient, ein beharrlicher Handwerksmann ohne jede Schulbildung. Der Sohn, der jetzt das Geschäft besaß und führte, plante wohl Erweiterungen und Neuerungen, fing jedoch als vorsichtiger Sohn eines altmodisch strengen Handwerkers bescheiden beim Kleinen an und redete zwar gerne von Dampfbetrieb, Motoren und Maschinenhallen, werkelte aber fleißig im alten Stile weiter und hatte außer einer englischen Eisendrehbank noch keine nennenswerten neuen Einrichtungen angeschafft. Er arbeitete mit zwei Gesellen und einem Lehrbuben und hatte für den neuen Volontär gerade noch einen Platz an der Werkbank und einen Schraubstock frei. Mit den fünf Leuten war der enge Raum reichlich angefüllt, und durchwandernde landfahrende Kollegen brauchten beim Zuspruch um Arbeit nicht zu fürchten, daß man sie beim Wort nehme.

Der Lehrling, um von unten auf anzufangen, war ein ängstliches und gutwilliges Bürschlein von vierzehn Jahren, das der neueintretende Volontär kaum zu beachten nötig fand. Von den Gehilfen hieß einer Johann Schömbeck, ein schwarzhaariger magerer Mensch und sparsamer Streber. Der andre Gehilfe war ein schöner, gewaltiger Mensch von achtundzwanzig Jahren, er hieß Niklas Trefz und war ein Schulkamerad des Meisters, zu dem er daher »du« sagte. Niklas führte in aller Freundschaftlichkeit, als könne es nicht anders sein, das Regiment im Hause mit dem Meister gemeinsam; denn er war nicht bloß stark und ansehnlich von Gestalt und Auftreten, sondern auch ein gescheiter und fleißiger Mechaniker, der wohl das Zeug zum Meister hatte. Haager selber, der Besitzer, trug ein sorgenvoll-geschäftiges Wesen zur Schau, wenn er unter Leute kam, fühlte sich aber ganz zufrieden und machte auch an Hans sein gutes Geschäft, denn der alte Dierlamm mußte ein recht anständiges Lehrgeld für seinen Sohn erlegen.

So sahen die Leute aus, deren Arbeitsgenosse Hans Dierlamm geworden war, oder so erschienen sie ihm wenigstens. Zunächst nahm ihn die neue Arbeit mehr in Anspruch als die neuen Menschen. Er lernte ein Sägblatt hauen, mit Schleifstein und Schraubstock umgehen, die Metalle unterscheiden, er lernte die Esse feuern, den Vorhammer schwingen, die erste grobe Feile führen. Er zerbrach Bohrer und Meißel, würgte mit der Feile an schlechtem Eisen herum, beschmutzte sich mit Ruß, Feilspänen und Maschinenöl, hieb sich mit dem Hammer den Finger wund oder verklemmte sich an der Drehbank, alles unter dem spöttischen Schweigen seiner Umgebung, die den schon erwachsenen Sohn eines reichen Mannes mit Vergnügen zu solcher Anfängerschaft verurteilt sah. Aber Hans blieb ruhig, schaute den Gesellen aufmerksam zu, stellte in den Vesperpausen Fragen an den Meister, probierte und regte sich, und bald konnte er einfache Arbeiten sauber und brauchbar abliefern, zum Vorteil und Erstaunen des Herrn Haager, der wenig Vertrauen zu den Fähigkeiten des Praktikanten gehabt hatte.

»Ich meinte allweil, Sie wollten bloß eine Weile Schlosser spielen«, sagte er einst anerkennend. »Aber wenn Sie so weitermachen, können Sie wirklich einer werden.«

Hans, dem in seinen Schulzeiten Lob und

Tadel der Lehrer ein leeres Geräusch gewesen waren, kostete diese erste Anerkennung wie ein Hungriger einen guten Bissen. Und da auch die Gesellen ihn allmählich gelten ließen und nimmer wie einen Hanswurst anschauten, wurde ihm frei und wohl, und er fing an, seine Umgebung mit menschlicher Teilnahme und Neugierde zu betrachten.

Am besten gefiel ihm Niklas Trefz, der Obergesell, ein ruhiger dunkelblonder Riese mit gescheiten grauen Augen. Es dauerte aber noch einige Zeit, bis dieser den Neuen an sich herankommen ließ. Einstweilen war er still und ein wenig mißtrauisch gegen den Herrensohn. Desto zugänglicher zeigte sich der zweite Gesell Johann Schömbeck. Er nahm von Hans je und je eine Zigarre und ein Glas Bier an, wies ihm zuweilen kleine Vorteile bei der Arbeit und gab sich Mühe, den jungen Mann für sich einzunehmen, ohne doch seiner Gesellenwürde etwas zu vergeben.

Als Hans ihn einmal einlud, den Abend mit ihm zu verbringen, nahm Schömbeck herablassend an und bestellte ihn auf acht Uhr in eine kleine Beckenwirtschaft an der mittleren Brücke. Dort saßen sie dann, durch die offenen Fenster hörte man das Flußwehr brausen, und beim zweiten Liter Unterländer wurde der Gesell gesprächig. Er rauchte zu dem hellen, milden Rotwein eine gute Zigarre und weihte Hans mit gedämpfter Stimme in die Geschäfts- und Familiengeheimnisse der Haagerschen Werkstatt ein. Der Meister tue ihm leid, sagte er, daß er so vor dem Trefz unterducke, vor dem Niklas. Das sei ein Gewalttätiger, und früher habe er einmal bei einem Streit den Haager, der damals noch unter seinem Vater arbeitete, windelweich gehauen. Ein guter Arbeiter sei er schon, wenigstens wenn es ihm gerade darum zu tun sei, aber er tyrannisiere die ganze Werkstatt und sei stolzer als ein Meister, obwohl er keinen Pfennig besitze.

»Aber er wird wohl einen hohen Lohn kriegen«, meinte Hans.

Schömbeck lachte und schlug sich aufs Knie. »Nein«, sagte er blinzelnd, »er hat nur eine Mark mehr als ich, der Niklas. Und das hat seinen guten Grund. Kennen Sie die Maria Testolini?«

»Von den Italienern im Inselviertel?«

»Ja, von der Bagage. Die Maria hat schon

lang ein Verhältnis mit dem Trefz, wissen Sie. Sie schafft in der Weberei uns gegenüber. Ich glaube nicht einmal, daß sie ihm gar so anhänglich ist. Er ist ja ein fester großer Kerl, das haben die Mädel alle gern, aber extra heilig hat sie's nicht mit der Verliebtheit.«

»Aber was hat das mit dem Lohn zu tun?«

»Mit dem Lohn? Ja so. Nun, der Niklas hat also ein Verhältnis mit ihr und könnte schon längst eine viel bessere Stellung haben, wenn er nicht ihretwegen hier bliebe. Und das ist des Meisters Vorteil. Mehr Lohn zahlt er nicht, und der Niklas kündigt nicht, weil er nicht von der Testolini fort will. In Gerbersau ist für einen Mechaniker nicht viel zu holen, länger als dies Jahr bleib' ich auch nimmer da, aber der Niklas hockt und geht nicht weg.

Im weiteren erfuhr Hans Dinge, die ihn weniger interessierten. Schömbeck wußte gar viel über die Familie der jungen Frau Haager, über ihre Mitgift, deren Rest der Alte nicht herausgeben wolle, und über die daraus entstandene Ehezwietracht. Das alles hörte Hans Dierlamm geduldig an, bis es ihm an der Zeit schien, aufzubrechen und heimzugehen. Er ließ Schömbeck bei dem Rest des Weines sitzen und ging fort.

Auf dem Heimweg durch den lauen Maiabend dachte er an das, was er soeben von Niklas Trefz erfahren hatte, und es fiel ihm nicht ein, diesen für einen Narren zu halten, weil er einer Liebschaft wegen angeblich sein Fortkommen versäume. Vielmehr schien ihm das sehr einleuchtend. Er glaubte nicht alles, was der schwarzhaarige Gesell ihm erzählt hatte, aber er glaubte an diese Mädchengeschichte, weil sie ihm gefiel und zu seinen Gedanken paßte. Denn seit er nicht mehr so ausschließlich mit den Mühen und Erwartungen seines neuen Berufes beschäftigt war wie in den ersten Wochen, plagte ihn an den stillen Frühlingsabenden der heimliche Wunsch, eine Liebschaft zu haben, nicht wenig. Als Schüler hatte er auf diesem Gebiete einige erste Weltmannserfahrungen gesammelt, die freilich noch recht unschuldig waren. Nun aber, da er einen blauen Schlosserkittel trug und zu den Tiefen des Volkstums hinabgestiegen war, schien es ihm gut und verlockend, auch von den einfachen und kräftigen Lebenssitten des Volkes seinen Teil zu haben.

Aber damit wollte es nicht vorwärtsgehen. Die Bürgermädchen, mit denen er durch seine Schwester Bekanntschaft hatte, waren nur in Tanzstuben und etwa auf einem Vereinsball zu sprechen und auch da unter der Aufsicht ihrer strengen Mütter. Und in dem Kreis der Handwerker und Fabrikleute hatte Hans es bis jetzt noch nicht dahin gebracht, daß sie ihn als ihresgleichen annahmen.

Er suchte sich auf jene Maria Testolini zu besinnen, konnte sich ihrer aber nicht erinnern. Die Testolinis waren eine komplizierte Familiengemeinschaft in einer traurigen Armutgegend und bewohnten mit mehreren Familien welschen Namens zusammen in einer unzählbaren Schar ein altes, elendes Häuschen an der Insel. Hans erinnerte sich aus seinen Knabenjahren, daß es dort von kleinen Kindern gewimmelt hatte, die an Neujahr und manchmal auch zu andern Zeiten bettelnd in seines Vaters Haus gekommen waren. Eines von jenen verwahrlosten Kindern war nun wohl die Maria, und er malte sich eine dunkle, großäugige und schlanke Italienerin aus, ein wenig zerzaust und nicht sehr sauber gekleidet. Aber unter den jungen Fabrikmädchen, die er täglich an der Werkstatt vorübergehen sah und von denen manche ihm recht hübsch erschienen waren, konnte er sich diese Maria Testolini nicht denken.

Sie sah auch ganz anders aus, und es vergingen kaum zwei Wochen, so machte er unerwartet ihre Bekanntschaft.

Zu den ziemlich baufälligen Nebenräumen der Werkstatt gehörte ein halbdunkler Verschlag an der Flußseite, wo allerlei Vorräte lagerten. An einem warmen Nachmittag im Juni hatte Hans dort zu tun, er mußte einige hundert Stangen nachzählen und hatte nichts dagegen, eine halbe oder ganze Stunde hier abseits von der warmen Werkstatt im Kühlen zu verbringen. Er hatte die Eisenstangen nach ihrer Stärke geordnet und fing nun das Zählen an, wobei er von Zeit zu Zeit die Summe mit Kreide an die dunkle Holzwand schrieb. Halblaut zählte er vor sich hin: dreiundneunzig, vierundneunzig – –. Da rief eine leise, tiefe Frauenstimme mit halbem Lachen: »Fünfundneunzig – hundert – tausend –«

Erschrocken und unwillig fuhr er herum. Da stand am niederen, scheibenlosen Fenster ein stattliches blondes Mädchen, nickte ihm zu und lachte.

»Was gibt's?« fragte er blöde.

»Schön Wetter«, rief sie. »Gelt, du bist der neue Volontär da drüben?«

»Ja. Und wer sind denn Sie?«

»Jetzt sagt er ›Sie‹ zu mir! Muß es immer so nobel sein?«

»Oh, wenn ich darf, kann ich schon auch ›du‹ sagen.«

Sie trat zu ihm hinein, schaute sich in dem Loche um, netzte ihren Zeigefinger und löschte ihm seine Kreidezahlen aus.

»Halt!« rief er. »Was machst du?«

»Kannst du nicht so viel im Kopf behalten?«

»Wozu, wenn es Kreide gibt? Jetzt muß ich alles noch einmal durchzählen.«

»O je! Soll ich helfen?«

»Ja, gern.«

»Das glaub ich dir, aber ich hab andres zu tun.«

»Was denn? Man merkt wenig davon.«

»So? Jetzt wird er auf einmal grob. Kannst du nicht auch ein bißchen nett sein?«

»Ja, wenn du mir zeigst, wie man's macht.«

Sie lächelte, trat dicht zu ihm, fuhr ihm mit

ihrer vollen, warmen Hand übers Haar, streichelte seine Wange und sah ihm nahe und immer lächelnd in die Augen. Ihm war so etwas noch nie geschehen und es wurde ihm beklommen und schwindlig.

»Bist ein netter Kerl, ein lieber«, sagte sie.

Er wollte sagen: »Und du auch.« Aber er brachte vor Herzklopfen kein Wort heraus. Er hielt ihre Hand und drückte sie.

»Au, nicht so fest!« rief sie leise. »Die Finger tun einem ja weh.«

Da sagte er: »Verzeih.« Sie aber legte für einen kurzen Augenblick ihren Kopf mit dem blonden, dichten Haar auf seine Schulter und schaute zärtlich schmeichelnd zu ihm auf. Dann lachte sie wieder mit ihrer warmen, tiefen Stimme, nickte ihm freundlich und unbefangen zu und lief davon. Als er vor die Tür trat, ihr nachzusehen, war sie schon verschwunden.

Hans blieb noch lange zwischen seinen Eisenstangen. Anfangs war er so verwirrt und heiß und befangen, daß er nichts denken konnte und schwer atmend vor sich hin stierte. Bald aber war er über das hinweg, und nun kam eine erstaunte, unbändige Freude über ihn. Ein Abenteuer! Ein schönes großes Mädchen war zu ihm gekommen, hatte ihm schöngetan, hatte ihn liebgehabt! Und er hatte sich nicht zu helfen gewußt, er hatte nichts gesagt, wußte nicht einmal ihren Namen, hatte ihr nicht einmal einen Kuß gegeben! Das plagte und erzürnte ihn noch den ganzen Tag. Aber er beschloß grimmig und selig, das alles wiedergutzumachen und das nächste Mal nicht mehr so dumm und blöde zu sein.

Er dachte jetzt an keine Italienerinnen mehr. Er dachte beständig an »das nächste Mal«. Und am folgenden Tage benutzte er jede Gelegenheit, auf ein paar Minuten vor die Werkstatt zu treten und sich überall umzusehen. Die Blonde zeigte sich aber nirgends. Statt dessen kam sie gegen Abend mit einer Kameradin zusammen ganz unbefangen und gleichgültig in die Werkstatt, brachte eine kleine Stahlschiene, das Stück einer Webmaschine, und ließ sie abschleifen. Den Hans schien sie weder zu kennen noch zu sehen, scherzte dagegen ein wenig mit dem Meister und trat dann zu Niklas Trefz, der das Schleifen besorgte und mit dem sie sich leise unterhielt. Erst als sie wieder ging und schon Adieu gesagt hatte, schaute sie unter der Türe nochmals zurück und warf Hans einen kurzen warmen Blick zu. Dann runzelte sie die Stirn ein wenig und zuckte mit den Lidern, wie um zu sagen, sie habe ihr Geheimnis mit ihm nicht vergessen und er solle es gut verwahren. Und fort war sie.

Johann Schömbeck ging gleich darauf an Hansens Schraubstock vorüber, grinste still und flüsterte:

»Das war die Testolini.«

»Die Kleine?« fragte Hans.

»Nein, die große Blonde.«

Der Volontär beugte sich über seine Arbeit und feilte heftig drauflos. Er feilte, daß es pfiff und daß die Werkbank zitterte. Das war also sein Abenteuer! Wer war jetzt betrogen, der Obergesell oder er? Und was jetzt tun? Er hätte nicht gedacht, daß eine Liebesgeschichte gleich so verwickelt anfangen könne. Den Abend und die halbe Nacht konnte er an nichts andres denken.

Eigentlich war seine Meinung von Anfang an, er müsse nun verzichten. Aber nun hatte er sich vierundzwanzig Stunden mit lauter verliebten Gedanken an das hübsche Mädchen beschäftigt, und das Verlangen, sie zu küssen und sich von ihr liebhaben zu lassen, war mächtig groß in ihm geworden. Ferner war es das erste Mal, daß eine Frauenhand ihn so gestreichelt und ein Frauenmund ihm so schön getan hatte. Verstand und Pflichtgefühl erlagen der jungen Verliebtheit, die durch den Beigeschmack eines schlechten Gewissens nicht schöner, aber auch nicht schwächer ward. Mochte es nun gehen, wie es wollte, die Maria hatte ihn gern und er wollte sie wieder gernhaben.

Wohl war ihm allerdings nicht dabei. Als er das nächste Mal mit Maria zusammentraf im Treppenhaus der Fabrik, sagte er sogleich: »Du, wie ist das mit dem Niklas und dir? Ist er wirklich dein Schatz?«

»Ja«, meinte sie lachend. »Fällt dir sonst nichts ein, was du mich fragen kannst?«

»Doch, gerade. Wenn du ihn gernhast, kannst du doch nicht auch noch mich gernhaben.«

»Warum nicht? Der Niklas ist mein Verhältnis, verstehst du, das ist schon lang so und soll so bleiben. Aber dich hab ich gern, weil du so ein netter kleiner Bub bist. Der Niklas ist gar streng und herb, weißt du, und ich will dich zum Küssen und Liebsein haben, kleiner Bub. Hast du was dagegen?«

Nein, er hatte nichts dagegen. Er legte still und andächtig seine Lippen auf ihren blühenden Mund, und da sie seine Unerfahrenheit im Küssen bemerkte, lachte sie zwar, schonte ihn aber und gewann ihn noch lieber.

2

Bis jetzt war Niklas Trefz, als Obergesell und Duzfreund des jungen Meisters, aufs beste mit diesem ausgekommen, ja er hatte eigentlich in Haus und Werkstatt meistens das erste Wort gehabt. Neuerdings schien dies gute Einvernehmen etwas gestört zu sein, und gegen den Sommer hin wurde Haager in seinem Benehmen gegen den Gesellen immer spitziger. Er kehrte zuweilen den Meister gegen ihn heraus, fragte ihn nicht mehr um Rat und ließ bei jeder Gelegenheit merken, daß er das frühere Verhältnis nicht fortzusetzen wünsche.

Trefz war gegen ihn, dem er sich überlegen

fühlte, nicht empfindlich. Anfangs wunderte ihn diese kühle Behandlung als eine ungewohnte Schrulle des Meisters. Er lächelte und nahm es ruhig hin. Als aber Haager ungeduldiger und launischer wurde, legte Trefz sich aufs Beobachten und glaubte bald hinter die Ursache der Verstimmung gekommen zu sein.

Er sah nämlich, daß zwischen dem Meister und seiner Frau nicht alles in Ordnung war. Es gab keine lauten Händel, dafür war die Frau zu klug. Aber die Eheleute wichen einander aus, die Frau ließ sich nie in der Werkstatt blicken, und der Mann war abends selten zu Hause. Ob die Uneinigkeit, wie Johann Schömbeck wissen wollte, daher rührte, daß der Schwiegervater sich nicht bereden ließ, mehr Geld herauszurücken, oder ob persönliche Zwistigkeiten dahinterstaken, jedenfalls war eine schwüle Luft im Hause, die Frau sah oft verweint und verärgert aus, und der Mann schien auch vom Baume einer schlimmen Erkenntnis gekostet zu haben.

Niklas war überzeugt, daß dieser häusliche Unfrieden an allem schuld sei und ließ den Meister seine Reizbarkeit und Grobheit nicht entgelten. Was ihn heimlich plagte und zornig machte, war die leise schlaue Art, mit der Schömbeck sich die Verstimmung zunutze machte. Dieser war nämlich, seit er den Obergesellen in Ungnade gefallen sah, mit einer unterwürfig-süßen Beflissenheit bemüht, sich dem Meister zu empfehlen, und daß Haager darauf einging und den Schleicher sichtlich begünstigte, war für Trefz ein empfindlicher Stich.

In dieser unbehaglichen Zeit nahm Hans Dierlamm entschieden für Trefz Partei. Einmal imponierte ihm Niklas durch seine gewaltige Kraft und Männlichkeit, alsdann war ihm der schmeichlerische Schömbeck allmählich verdächtig und zuwider geworden, und schließlich hatte er das Gefühl, durch sein Verhalten eine uneingestandene Schuld gegen Niklas gutzumachen. Denn wenn auch sein Verkehr mit der Testolini sich auf kurze hastige Zusammenkünfte beschränkte, wobei es über einiges Küssen und Streicheln nicht hinausging, wußte er sich doch auf verbotenem Wege und hatte kein sauberes Gewissen. Desto entschiedener wies er dafür Schömbecks Klatschereien zurück und trat mit ebensoviel Bewunderung wie Mitleid für Niklas ein. Es dauerte denn auch nicht lange, bis dieser das fühlte. Er hatte sich bisher kaum um den Volontär gekümmert und in ihm einfach ein unnützes Herrensöhnchen gesehen. Jetzt schaute er ihn freundlicher an, richtete zuweilen das Wort an ihn und duldete, daß Hans in den Vesperpausen sich zu ihm setzte.

Schließlich lud er ihn sogar eines Abends zum Mitkommen ein. »Heut ist mein Geburtstag«, sagte er, »da muß ich doch mit jemand eine Flasche Wein trinken. Der Meister ist verhext, den Schömbeck kann ich nicht brauchen, den Lump. Wenn Sie wollen, Dierlamm, so kommen Sie heut mit mir. Wir könnten uns nach dem Nachtessen an der Allee treffen. Wollen Sie?«

Hans war hocherfreut und versprach, pünktlich zu kommen.

Es war ein warmer Abend zu Anfang Juli. Hans aß daheim sein Abendbrot mit Hast, wusch sich ein wenig und eilte zur Allee, wo Trefz schon wartete.

Dieser hatte seinen Sonntagsanzug angelegt, und als er Hans im blauen Arbeitskleid kommen sah, fragte er mit gutmütigem Vorwurf:

»So, Sie sind noch in der Uniform?«

Hans entschuldigte sich, er habe es so eilig gehabt, und Niklas lachte: »Nun, keine Redensarten! Sie sind halt Volontär und haben Spaß an dem dreckigen Kittel, weil Sie ihn doch nicht lang tragen. Unsereiner legt ihn gern ab, wenn er am Feierabend ausgeht.«

Sie schritten nebeneinander die dunkle Kastanienallee hinunter vor die Stadt hinaus. Hinter den letzten Bäumen tritt plötzlich eine hohe Mädchengestalt hervor und hängte sich an des Gesellen Arm. Es war Maria. Trefz sagte kein Wort des Grußes zu ihr und nahm sie ruhig mit, und Hans wußte nicht, war sie von ihm herbestellt oder unaufgefordert gekommen. Das Herz schlug ihm ängstlich.

»Da ist auch der junge Herr Dierlamm«, sagte Niklas.

»Ach ja«, rief Maria lachend, »der Volontär. Kommen Sie auch mit?«

»Ja, der Niklas hat mich eingeladen.«

»Das ist lieb von ihm. Und auch von Ihnen, daß Sie kommen. So ein feiner junger Herr!«

»Dummes Zeug!« rief Niklas. »Der Dierlamm ist mein Kollege. Und jetzt wollen wir Geburtstag feiern.«

Sie hatten das Wirtshaus zu den drei Raben erreicht, das dicht am Flusse in einem kleinen Garten lag. Drinnen hörte man Fuhrleute sich unterhalten und Karten spielen, draußen war kein Mensch. Trefz rief dem Wirt durchs Fenster hinein, er solle Licht bringen. Dann setzte er sich an einen der vielen ungehobelten Brettertische. Maria nahm neben ihm und Hans gegenüber Platz. Der Wirt kam mit einer schlecht brennenden Flurlampe heraus, die er überm Tisch an einem Draht aufhängte. Trefz bestellte einen Liter vom besten Wein, Brot, Käse und Zigarren.

»Hier ist's aber öd«, sagte das Mädchen enttäuscht. »Wollen wir nicht hineingehen? Es sind ja gar keine Leute da.«

»Wir sind Leute genug«, meinte Niklas ungeduldig.

Er schenkte Wein in die dicken Kübelgläser, schob Maria Brot und Käse zu, bot Hans Zigarren hin und zündete sich selber eine an. Sie stießen miteinander an. Darauf spann Trefz, als wäre das Mädchen gar nicht da, ein weitläufiges Gespräch über technische Dinge mit Hans an. Er saß vorgebeugt, den einen Ellbogen auf dem Tische, Maria aber lehnte sich neben ihm ganz in die Bank zurück, verschränkte die Arme vor der Brust und schaute aus der Dämmerung unverwandt, mit ruhigen, zufriedenen Augen in Hansens Gesicht. Dem wurde dadurch nicht behaglicher, und er umgab sich aus Verlegenheit mit dicken Rauchwolken. Daß sie drei einmal an einem Tisch beieinandersitzen würden, hätte er nicht gedacht. Er war froh, daß die beiden vor seinen Augen keine Zärtlichkeiten wechselten, und er vertiefte sich geflissentlich in die Unterhaltung mit dem Gesellen.

Über den Garten schwammen blasse Nachtwolken durch den gestirnten Himmel, im Wirtshaus klang zuweilen Gespräch und Gelächter, nebenzu lief mit leisem Rauschen der dunkle Fluß talab. Maria saß regungslos im Halbdunkel, hörte die Reden der beiden dahinrinnen und hielt den Blick auf Hans geheftet. Er empfand ihn, auch wenn er nicht hinübersah, und bald schien er ihm verlockend zu winken, bald spöttisch zu lachen, bald kühl zu beobachten.

So verging wohl eine Stunde, und die Unterhaltung war allmählich langsamer und träger, endlich schlief sie ein, und eine kurze

Weile redete niemand ein Wort. Da richtete die Testolini sich auf. Trefz wollte ihr einschenken, sie zog aber ihr Glas weg und sagte kühl: »Ist nicht nötig, Niklas.«

»Was gibt's denn?«

»Einen Geburtstag gibt's. Und dein Schatz sitzt dabei und kann einschlafen. Kein Wort, keinen Kuß, nichts als ein Glas Wein und ein Stück Brot! Wenn mein Schatz der steinerne Mann wär, könnt es nicht schöner sein.«

»Ach, geh weg!« lachte Niklas unzufrieden.

»Ja, geh weg! Ich geh auch noch weg. Am Ende gibt's andre, die mich noch ansehen mögen.«

Niklas fuhr auf. »Was sagst?«

»Ich sag, was wahr ist.«

»So? Wenn's wahr ist, dann sag lieber gleich alles. Ich will jetzt wissen, wer das ist, der nach dir schaut.«

»Oh, das tun manche.«

»Ich will den Namen wissen. Du gehörst mir, und wenn einer dir nachläuft, ist er ein Lump und hat's mit mir zu tun.«

»Meinetwegen. Wenn ich dir gehör, mußt du aber auch mir gehören und nicht so ruppig sein. Wir sind nicht verheiratet.«

»Nein, Maria, leider nicht, und ich kann nichts dafür, das weißt du wohl.«

»Gut denn, so sei auch wieder freundlicher und nicht gleich so wild. Weiß Gott, was du seit einiger Zeit hast!«

»Ärger hab ich, nichts als Ärger. Aber wir wollen jetzt noch ein Glas austrinken und vergnügt sein, sonst meint der Dierlamm, wir seien immer so ungattig. He, Rabenwirt! Heda! Noch eine Flasche!«

Hans war ganz ängstlich geworden. Nun sah er erstaunt den plötzlich aufgeflammten Streit ebenso schnell wieder beruhigt und hatte nichts dagegen, noch ein letztes Glas in fröhlichem Frieden mitzutrinken.

»Also prosit!« rief Niklas, stieß mit beiden an und leerte in einem langen Zug sein Glas. Dann lachte er kurz und sagte mit verändertem Ton: »Nun ja, nun ja. Aber ich kann euch sagen, an dem Tag, wo mein Schatz sich mit einem andern einläßt, gibt's ein Unglück.«

»Dummerle«, rief Maria leise, »was fällt dir auch ein?«

»Es ist nur so geredet«, meinte Niklas ruhig. Er lehnte sich wohlig zurück, knöpfte die Weste auf und fing zu singen an:

»A Schlosser hot an G'sella g'het . . .«

Hans fiel eifrig ein. Im stillen aber hatte er beschlossen, er wolle mit Maria nichts mehr zu tun haben. Er hatte Furcht bekommen.

Auf dem Heimweg blieb das Mädchen an der unteren Brücke stehen.

»Ich geh heim«, sagte sie. »Kommst du mit?«

»Also denn«, nickte der Geselle und gab Hans die Hand.

Dieser sagte Gutenacht und ging aufatmend allein weiter. Ein peinliches Grauen war diesen Abend in ihn gefahren. Er mußte sich immer wieder ausmalen, wie es gegangen wäre, wenn ihn der Obergeselle einmal mit Maria überrascht hätte. Nachdem diese gräßliche Vorstellung seine Entschlüsse bestimmt hatte, wurde es ihm leicht, sie sich selber in einem verklärenden moralischen Lichte darzustellen. Er bildete sich schon nach einer Woche ein, er habe auf die Spielerei mit Maria nur aus Edelmut und aus Freundschaft für Niklas verzichtet. Die Hauptsache war, daß er nun das Mädchen wirklich mied. Erst nach mehreren Tagen traf er sie unvermutet allein, und da beeilte er sich, ihr zu sagen, er könne nicht mehr zu ihr kommen. Sie schien darüber betrübt zu sein, und ihm wurde das Herz schwer, als sie sich an ihn hängte und ihn mit Küssen zu bekehren suchte. Doch gab er ihr keinen zurück, sondern machte sich mit erzwungener Ruhe los. Sie aber ließ ihn nicht eher los, bis er in seiner Herzensangst drohte, dem Niklas alles zu sagen. Da schrie sie auf und sagte:

»Du, das tust du nicht. Das wär mein Tod.«

»Hast du ihn also doch lieb?« fragte Hans bitter.

»Ach was!« seufzte sie. »Dummer Bub, du weißt wohl, daß ich dich viel lieber hab. Nein, aber der Niklas würde mich umbringen. So ist er. Gib mir die Hand darauf, daß du ihm nichts sagst!«

»Gut, aber du mußt mir auch versprechen, daß du mich in Ruhe lassen willst.«

»Hast mich schon so satt?«

»Ach, laß! Aber ich kann die Heimlichkeit vor ihm nimmer haben, ich kann nicht, begreif doch. Also versprich's mir, gelt.«

Da gab sie ihm die Hand, aber er sah ihr dabei nicht in die Augen. Er ging still davon, und sie sah ihm mit Kopfschütteln und innigem Ärger nach. »So ein Hanswurst!« dachte sie.

Für den kamen jetzt wieder schlimme Tage. Sein durch Maria heftig erregtes und immer nur für den Augenblick beschwichtigtes Liebesbedürfnis ging nun wieder heiße, unbefriedigte Wege aufwühlender Sehnsucht, und nur die strenge Arbeit half ihm von Tag zu Tag durch. Sie machte ihn jetzt bei der zunehmenden Sommerhitze doppelt müde. In der Werkstatt war es heiß und schwül, anstrengende Arbeiten wurden halbnackt ausgeführt, und den dumpfen ewigen Ölgeruch durchdrang der scharfe Dunst des Schweißes. Am Abend nahm Hans, zuweilen mit Niklas zusammen, ein Bad oberhalb der Stadt im kühlen Fluß, nachher fiel er todmüde ins Bett, und morgens hatte man Mühe, ihn zur Zeit wachzubringen.

Auch für die andern, Schömbeck vielleicht ausgenommen, war es jetzt in der Werkstatt ein böses Leben. Der Lehrling bekam Scheltworte und Ohrfeigen, der Meister war fortwährend barsch und erregt, und Trefz hatte Mühe, sein launisch-hastiges Wesen zu ertragen. Er fing allmählich auch an, brummig zu werden. Eine kurze Weile noch ließ er es gehen, wie es mochte, dann war seine Geduld erschöpft, und er stellte eines Mittags nach dem Essen den Meister im Hof.

»Was willst?« fragte Haager unfreundlich.

»Mit dir reden will ich einmal. Du weißt schon warum. Ich tue meine Arbeit, so gut du's verlangen kannst, oder nicht?«

»Ja, schon.«

»Also. Und du behandelst mich fast wie einen Lehrbuben. Es muß doch etwas dahinterstecken, daß ich dir auf einmal nichts mehr gelte. Sonst sind wir doch immer gut ausgekommen.«

»Lieber Gott, was soll ich sagen? Ich bin halt, wie ich bin, und kann mich nicht anders machen. Du hast auch deine Schrullen.«

»Jawohl, Haager, aber bei der Arbeit nicht, das ist der Unterschied. Ich kann dir nur sagen, du verdirbst dir selber dein Geschäft.«

»Das sind meine Sachen, nicht deine.«

»Na, dann tust du mir leid. Da will ich nicht weiterreden. Vielleicht wird's einmal von selber wieder anders.«

Er ging fort. An der Haustür traf er auf

Schömbeck, der zugehört zu haben schien und leise lachte. Er hatte Lust, den Kerl zu verprügeln, aber er nahm sich zusammen und ging ruhig an ihm vorbei.

Er verstand jetzt, daß zwischen Haager und ihm etwas andres stehen müsse als nur eine Verstimmung, und er nahm sich vor, dem auf die Spur zu kommen. Freilich, am liebsten hätte er noch heute gekündigt, statt unter solchen Verhältnissen weiterzuarbeiten. Aber er konnte und mochte Gerbersau nicht verlassen, Marias wegen. Dagegen sah es aus, als läge dem Meister wenig daran, ihn zu behalten, obgleich sein Weggang ihm schaden mußte. Ärgerlich und traurig ging er, als es ein Uhr schlug, in die Werkstatt hinüber.

Am Nachmittag war in der Webfabrik drüben eine kleine Reparatur zu machen. Das kam häufig vor, da der Fabrikant mit einigen umgebauten alten Maschinen Versuche anstellte, an denen Haager beteiligt war. Früher waren diese Reparaturen und Änderungen meistens von Niklas Trefz ausgeführt worden. Neuerdings aber ging der Meister immer selbst hinüber, und wenn ein Gehilfe nötig war, nahm er Schömbeck oder den Volontär mit. Niklas hatte nichts dagegen gesagt, doch kränkte es ihn wie ein Zeichen von Mißtrauen. Er hatte drüben bei diesen Gelegenheiten immer die Testolini getroffen, die in jenem Saal arbeitete, und nun mochte er sich nicht zur Arbeit drängen, damit es nicht aussehe, als tue er es ihretwegen.

Auch heute ging der Meister mit Schömbeck hin und überließ dem Niklas die Beaufsichtigung der Werkstatt. Eine Stunde verging, dann kam Schömbeck mit einigen Werkzeugen zurück.

»An welcher Maschine seid ihr?« fragte Hans, den die Versuche dort interessierten.

»An der dritten, beim Eckfenster«, sagte Schömbeck und sah zu Niklas hinüber. »Ich hab alles allein machen müssen, weil sich der Meister so gut unterhalten hat.«

Niklas wurde aufmerksam, denn an jener Maschine hatte die Testolini Dienst. Er wollte an sich halten und sich mit dem Gesellen nicht einlassen, doch fuhr ihm wider seinen Willen die Frage heraus: »Mit wem denn? Mit der Maria?«

»Richtig geraten«, lachte Schömbeck. »Er

macht ihr nach Noten den Hof. Es ist ja auch kein Wunder, so nett wie sie ist.«

Trefz gab ihm keine Antwort mehr. Er mochte Marias Namen aus diesem Munde und in diesem Ton nicht hören. Wuchtig setzte er die Feile wieder ein und maß, als er absetzen mußte, mit dem Kaliber so peinlich nach, als sei er mit allen Gedanken bei seiner Arbeit. Es lag ihm jedoch andres im Sinn. Ein böser Verdacht plagte ihn, und je mehr er daran herumsann, desto besser schien ihm alles Vergangene zu dem Verdacht zu passen. Der Meister stellte Maria nach, darum ging er seit einiger Zeit immer selber in die Fabrik hinüber und duldete ihn nimmer dort. Darum hatte er ihn so sonderbar grob und gereizt behandelt. Er war eifersüchtig, und er wollte es dahin treiben, daß er kündige und fortginge.

Aber er wollte nicht gehen, jetzt gerade nicht.

Am Abend suchte er Marias Wohnung auf. Sie war nicht da, und er wartete vor dem Hause bis zehn Uhr auf der Bank unter den Weibern und Burschen, die sich da den Abend vertrieben. Als sie kam, ging er mit ihr hinauf.

»Hast du gewartet?« fragte sie unterwegs auf der Treppe.

Er gab aber keine Antwort. Stillschweigend ging er hinter ihr her bis in ihre Kammer und machte die Türe hinter ihr zu.

Sie drehte sich um und fragte: »Na, bist wieder letz? Wo fehlt's denn?«

Er sah sie an. »Wo kommst du her?«

»Von draußen. Ich bin mit der Lina und der Christiane gewesen.«

»So.«

»Und du?«

»Ich hab drunten gewartet. Ich muß was mit dir reden.«

»Auch schon wieder! Also red.«

»Wegen meinem Meister, du. Ich glaub, er läuft dir nach.«

»Der? Der Haager? Liebe Zeit, so laß ihn laufen.«

»Das laß ich ihn nicht, nein. Ich will wissen, was damit ist. Er geht jetzt immer selber, wenn's bei euch zu tun gibt, und heut war er wieder den halben Nachmittag bei dir an der Maschine. Jetzt sag, was hat er mit dir?«

»Nichts hat er. Er schwätzt mit mir, und das kannst du ihm nicht verbieten. Wenn's auf dich ankäme, müßt ich immer in einem Glaskasten sitzen!«

»Ich mache keinen Spaß, du. Gerade was er schwätzt, wenn er bei dir ist, möcht ich wissen.«

Sie seufzte gelangweilt und setzte sich aufs Bett.

»Laß doch den Haager!« rief sie ungeduldig. »Was wird's mit ihm sein? Verliebt ist er ein bißchen und macht mir den Hof.«

»Hast du ihm keine Maulschelle gegeben?«

»Herrgott, warum soll ich ihn nicht lieber gleich zum Fenster rausgeworfen haben! Ich laß ihn halt reden und lach' ihn aus. Heut hat er gesagt, er wolle mir eine Brosche schenken –«

»Was? Hat er? Und du, was hast du ihm gesagt?«

»Daß ich keine Broschen brauche, und er solle zu seiner Frau heimgehen. – Jetzt aber Punktum! Ist das eine Eifersucht! Du glaubst doch selber nicht im Ernst an das Zeug.«

»Ja, ja. Also denn gut Nacht, ich muß heim.«

Er ging, ohne sich mehr aufhalten zu lassen. Aber er war nicht beruhigt, obwohl er dem Mädchen eigentlich nicht mißtraute. Allein er wußte nicht, fühlte es aber dunkel, daß ihre Treue zur Hälfte Furcht vor ihm sei. Solange er da war, konnte er vielleicht sicher sein. Aber wenn er wandern mußte, nicht. Maria war eitel und hörte gern schöne Worte, sie hatte auch gar jung schon mit der Liebe angefangen. Und Haager war Meister und hatte Geld. Er konnte ihr Broschen anbieten, so sparsam er sonst war.

Niklas lief wohl eine Stunde lang in den Gassen herum, wo ein Fenster ums andre dunkel ward und schließlich nur noch die Wirtshäuser Licht hatten. Er suchte daran zu denken, daß ja noch gar nichts Schlimmes geschehen war. Aber es war ihm angst vor der Zukunft, vor morgen und vor jedem Tag, an dem er neben dem Meister stehen und mit ihm arbeiten und reden mußte, während er wußte, daß der Mensch Maria nachstellte. Wie sollte das werden?

Müde und verstört trat er in eine Wirtschaft, bestellte eine Flasche Bier und trank Kühlung und Linderung mit jedem rasch geleerten Glase. Er trank selten, meistens nur im Zorn oder wenn er ungewöhnlich heiter war, und er hatte wohl ein Jahr lang keinen Rausch mehr gehabt. Jetzt überließ er sich halb unbewußt einem rechenschaftslosen Kneipen, und er war stark betrunken, als er das Wirtshaus wieder verließ. Doch hatte er noch so viel Besinnung, daß er es vermied, in diesem Zustande ins Haagersche Haus zu gehen. Er wußte unterhalb der Allee eine Wiese, die gestern geschnitten worden war. Dorthin ging er mit ungleichen Schritten und warf sich in das zur Nacht in Haufen getürmte Heu, wo er sogleich einschlief.

3

Als Niklas am folgenden Morgen müde und bleich, doch pünktlich zur rechten Zeit in die Werkstatt kam, war der Meister mit Schömbeck zufällig schon da. Trefz ging still an seinen Platz und griff nach der Arbeit. Da rief der Meister ihm zu:

»So, kommst auch endlich?«

»Ich bin auf die Minute dagewesen wie immer«, sagte Niklas mit mühsam gespielter Gleichgültigkeit. »Da droben hängt die Uhr.«

»Und wo bist die ganze Nacht gesteckt?«

»Geht's dich was an?«

»Ich will's meinen. Du wohnst bei mir im Haus, und da will ich Ordnung haben.«

Niklas lachte laut. Jetzt war es ihm einerlei, was kommen würde. Er hatte Haager und sein dummes Rechthabenwollen und alles satt.

»Was lachst du?« rief der Meister zornig.

»Ich muß eben lachen, Haager. Das kommt mir so, wenn ich was Lustiges höre.«

»Hier gibt's nichts Lustiges. Nimm dich in acht.«

»Vielleicht doch. Weißt du, Herr Meister, das mit der Ordnung hast du gut gesagt. ›Ich will Ordnung im Hause haben!‹ Schneidig hast du's gesagt. Aber es macht mich halt lachen, wenn einer von Ordnung redet und hat selber keine.«

»Was? Was hab ich?«

»Keine Ordnung im Haus. Mit uns zankst du und tust wüst um jedes Nichtslein. Aber wie ist's denn mit deiner Frau zum Beispiel?«

»Halt! Hund du! Hund, sag ich.«

Haager war herbeigesprungen und stand drohend vor dem Gesellen. Trefz aber, der dreimal stärker war, blinzelte ihn beinahe freundlich an.

»Ruhig!« sagte er langsam. »Beim Reden muß man höflich sein. Du hast mich vorher nicht ausreden lassen. Deine Frau geht mich freilich nichts an, wenn sie mir auch leid tut –«

»Dein Maul hältst du, oder –«

»Später dann, wenn ich fertig bin. Also deine Frau, sag ich, geht mich nichts an, und es geht mich auch nichts an, wenn du den Fabrikmädchen nachläufst, du geiler Aff. Aber die Maria geht mich was an, das weißt du so gut wie ich. Und wenn du mir die mit einem Finger anrührst, geht's dir elend schlecht, darauf kannst du dich verlassen. – So, jetzt hab ich meine Sache gesagt.«

Der Meister war blaß vor Erregung, aber er wagte es nicht, Hand an Niklas zu legen.

Auch waren mittlerweile Hans Dierlamm und der Lehrling gekommen und standen am Eingang, erstaunt über das Geschrei und die bösen Worte, die hier schon in den ersten nüchternen Morgenstunden tobten. Er hielt es für besser, keinen Skandal aufkommen zu lassen. Darum kämpfte und schluckte er eine kleine Weile, um seiner zitternden Stimme Herr zu werden.

Dann sagte er laut und ruhig: »Also genug

jetzt. Du kannst nächste Woche gehen, ich habe schon einen neuen Gesellen in Aussicht. – Ans Geschäft, Leute, vorwärts!«

Niklas nickte nur und gab keine Antwort. Sorgfältig spannte er eine blanke Stahlwelle in die Drehbank, probierte den Drehstahl, schraubte ihn wieder ab und ging zum Schleifstein. Auch die andern gingen mit großer Beflissenheit ihren Geschäften nach, und den ganzen Vormittag wurden in der Werkstatt keine zehn Worte gewechselt. Nur in der Pause suchte Hans den Obergesellen auf und fragte ihn leise, ob er wirklich gehen werde.

»Versteht sich«, sagte Niklas kurz und wandte sich ab.

Die Mittagsstunde verschlief er, ohne zu Tische zu gehen, auf einem Hobelspansack in der Lagerkammer. Die Kunde von seiner Entlassung kam aber durch Schömbeck über Mittag unter die Arbeiter aus der Weberei, und die Testolini erfuhr sie gleich am Nachmittag von einer Freundin.

»Du, der Niklas geht weg. Es ist ihm gekündigt worden.«

»Der Trefz? Nein!«

»Jawohl, der Schömbeck hat's brühwarm herumerzählt. 's ist schad um ihn, nicht?«

»Ja, wenn's wahr ist. Aber der Haager ist doch ein Hitziger, der! Er hat ja schon lang mit mir anbändeln wollen.«

»Geh, dem würd ich auf die Hand spucken. Mit einem Verheirateten soll eine überhaupt nicht gehen, das gibt bloß dumme Geschichten und nachher nimmt dich keiner mehr.«

»Das wär das wenigste. Heiraten hätt ich schon zehnmal können, sogar einen Aufseher. Wenn ich nur möchte!«

Mit dem Meister wollte sie es drauf ankommen lassen, der war ihr einstweilen sicher. Aber den jungen Dierlamm wollte sie haben, wenn der Trefz fort war. Der Dierlamm war so nett und frisch und hatte so gute Manieren. Daß er auch noch eines reichen Mannes Sohn war, daran dachte sie nicht. Geld konnte sie dann schon von Haager oder sonstwo bekommen. Aber den Volontär hatte sie gern, der war hübsch und stark und doch noch fast ein Bub. Niklas tat ihr leid, und sie fürchtete sich vor den nächsten Tagen, bis er fort wäre. Sie hatte ihn liebgehabt und fand ihn noch immer wundervoll stattlich und schön, aber er hatte gar viel Launen und unnötige Sorgen, träumte immerfort vom Heiraten und war neuerdings so eifersüchtig, daß sie eigentlich wenig an ihm verlor.

Am Abend wartete sie auf ihn in der Nähe des Haagerschen Hauses. Gleich nach dem Abendessen kam er gegangen, sie grüßte und hängte bei ihm ein, und sie spazierten langsam vor die Stadt hinaus.

»Ist's wahr, daß er dir gekündigt hat?« fragte sie, da er nicht davon anfing.

»So, du weißt es auch schon?«

»Ja. Und was hast du im Sinn?«

»Ich fahre nach Eßlingen, dort ist mir schon lange eine Stelle angeboten. Und wenn's dort nichts ist, auf die Wanderschaft.«

»Und denkst nicht auch an mich?«

»Mehr als gut ist. Ich weiß nicht, wie ich's aushalten soll. Ich meine immer, du solltest halt mitkommen.«

»Ja, das wäre schon recht, wenn's ginge.«

»Warum geht's denn nicht?«

»Ach, sei doch gescheit! Du kannst doch nicht mit einem Frauenzimmer wandern gehen wie die Vagabunden.«

»Das nicht, aber wenn ich die Stelle habe –.«

»Ja, wenn du sie hast. Das ist's gerade. Wann willst du denn verreisen?«

»Am Sonntag.«

»Also dann schreibst du vorher noch und meldest dich an. Und wenn du dort unterkommst und es geht dir gut, dann schreibst du mir einen Brief und wir schauen dann weiter.«

»Du mußt dann nachkommen, gleich.«

»Nein, zuerst mußt du dort schauen, ob die Stelle gut ist und ob du bleiben kannst. Und dann geht es vielleicht, daß du mir auch eine Stelle dort besorgst, gelt? Und dann kann ich ja kommen und dich wieder trösten. Wir müssen halt jetzt eine Weile Geduld haben.«

»Ja, wie's in dem Lied heißt: ›Was steht den jungen Burschen wohl an? Geduld, Geduld, Geduld!‹ – Der Teufel hol's! Aber du hast recht, das ist wahr.«

Es gelang ihr, ihn zuversichtlicher zu machen, sie sparte die guten Worte nicht. Zwar dachte sie nicht daran, ihm jemals nachzureisen, aber einstweilen mußte sie ihm recht Hoffnung machen, sonst wurden diese nächsten Tage unerträglich. Und während sie ihn eigentlich schon fahren gelassen hatte und während sie überzeugt war, er werde in Eßlingen oder anderswo sie bald vergessen und eine andere finden, ward sie dennoch im Vorgefühl des Abschiednehmens in ihrem beweglichen Herzen zärtlicher und wärmer, als sie seit langer Zeit gegen ihn gewesen war. Er wurde schließlich beinahe vergnügt.

Das dauerte jedoch nur so lange, als Maria bei ihm war. Kaum saß er daheim auf dem Rand seiner Bettstatt, so war alle Zuversicht verflogen. Wieder quälte er sich mit angstvoll mißtrauischen Gedanken. Es fiel ihm plötzlich auf, daß sie eigentlich über die Nachricht von der Kündigung gar nicht betrübt gewesen war. Sie hatte es ganz leicht genommen und nicht einmal gefragt, ob er nicht doch noch dableiben könne. Zwar konnte er das nicht, aber sie hätte doch fragen sollen. Und ihre Zukunftspläne schienen ihm jetzt auch nimmer so einleuchtend.

Er hatte den Brief nach Eßlingen heute noch schreiben wollen. Aber sein Kopf war jetzt leer und elend und die Müdigkeit überkam ihn so plötzlich, daß er beinahe in den Kleidern eingeschlafen wäre. Er stand willenlos auf, zog sich aus und legte sich ins Bett. Doch hatte er keine ruhige Nacht. Die

Schwüle, die schon seit mehreren Tagen in dem engen Flußtal zögerte, wuchs von Stunde zu Stunde, ferne Donnerwetter zankten jenseits der Berge, und der Himmel zuckte im beständigen Wetterleuchten, ohne daß doch ein Gewitter oder Platzregen Luft und Kühle bringen wollte.

Am Morgen war Niklas müde, nüchtern und mißvergnügt. Auch sein gestriger Trotz war zum größeren Teil vergangen. Ein jämmerliches Vorgefühl von Heimweh fing an, ihn zu beklemmen. Überall sah er Meister, Gesellen, Lehrlinge, Fabrikler und Fabrikweiber gleichmütig in ihre Geschäfte und abends wieder heraus laufen, ja ein jeder Hund schien sich seines Rechtes auf Heimat und Haus zu freuen. Er aber sollte wider seinen Willen und wider alle Vernunft seine Arbeit, die ihm lieb war, und sein Städtchen verlassen und anderwärts um das bitten und sich bemühen, was er hier so lange Zeit unangefochten besessen hatte.

Der starke Mensch wurde weichmütig. Still und gewissenhaft ging er seiner Arbeit nach, sagte dem Meister und sogar Schömbeck freundlich guten Morgen, und wenn

Haager an ihm vorüberging, sah er ihn beinahe flehentlich an und meinte jeden Augenblick, es tue dem Haager leid und er werde die Kündigung zurücknehmen, da er sich so willfährig zeigte. Allein Haager wich seinen Blicken aus und tat, als sei er schon nimmer da und zu Haus und zu Werkstatt gehörig. Nur Hans Dierlamm hielt sich zu ihm und gab durch ein revolutionäres Gebärdenspiel zu verstehen, daß er auf den Meister und auf Schömbeck pfeife und mit den Zuständen durchaus nicht einverstanden sei. Aber damit war dem Niklas nicht geholfen.

Auch die Testolini, zu der Trefz am Abend traurig und mißmutig ging, gab ihm keinen Trost. Zwar hätschelte sie ihn mit Liebkosungen und guten Worten, aber auch sie redete von seinem Fortgehen recht gleichmütig als von einer beschlossenen und unabänderlichen Sache; und als er auf die Trostgründe und auf die Vorschläge und Pläne zu sprechen kam, die sie gestern selber vorgebracht hatte, ging sie zwar darauf ein, schien aber doch alles nicht so ernst genommen zu haben und hatte sogar einige ihrer eignen Vorschläge offenbar schon wieder vergessen. Er hatte die Nacht bei ihr bleiben wollen, änderte aber seinen Sinn und ging zeitig weg.

In seiner Betrübnis wanderte er ziellos in der Stadt umher. Beim Anblick des kleinen Vorstadthauses, in dem er als Waisenkind bei fremden Leuten aufgewachsen war und wo jetzt eine andre Familie wohnte, fiel ihm flüchtig die Schulzeit und die Lehrlingszeit und manches Schöne von damals ein, aber es schien unendlich weit zurück zu liegen und berührte ihn nur mit leisem Anklang an Verlorenes und Fremdgewordenes. Schließlich ward die ungewohnte Hingabe an solche Gefühlsregungen ihm selber zuwider. Er zündete sich eine Zigarre an, machte ein unbekümmertes Gesicht und trat in eine Gartenwirtschaft, wo er sogleich von einigen Arbeitern aus der Weberei erkannt und angerufen wurde.

»Was ist«, rief ihm einer entgegen, der schon angeheitert war, »du wirst doch auch einen Abschied feiern und was zahlen, nicht?«

Niklas lachte und setzte sich unter die kleine Gesellschaft. Er versprach, für jeden zwei Schoppen Bier zu spenden, und bekam dafür von allen Seiten zu hören, wie schade es um ihn sei, daß er fort wolle, so ein netter und beliebter Kerl, und ob er nicht doch noch am Ende dableibe. Er tat nun auch, als sei die Kündigung von ihm ausgegangen, und prahlte mit guten Stellungen, die er in Aussicht habe. Ein Lied wurde gesungen, man stieß mit den Gläsern an, lärmte und lachte, und Niklas geriet in eine künstliche laute Fröhlichkeit hinein, die ihm übel anstand und deren er sich eigentlich schämte. Doch wollte er nun einmal den munteren Bruder spielen, und um ein übriges zu tun, ging er ins Haus und kaufte drinnen ein Dutzend Zigarren für seine Kameraden.

Wie er wieder in den Wirtsgarten trat, hörte er an jenem Tisch seinen Namen nennen. Die meisten dort waren leicht betrunken, sie schlugen beim Reden auf den Tisch und lachten unbändig. Niklas merkte, daß von ihm die Rede war, er blieb hinter einem Baum verborgen stehen und hörte zu. Als er das wüste Gelächter, das ihm zu gelten schien, gehört hatte, war seine Ausgelassenheit unversehens verdampft. Aufmerksam und bitter stand er im Dunkeln und horchte, wie über ihn geredet wurde.

»Ein Narr ist er schon«, meinte einer von den Stilleren, »aber vielleicht ist der Haager doch der Dümmere. Der Trefz ist vielleicht froh, daß er bei der Gelegenheit die Welsche los wird.«

»Da kennst du den schlecht«, meinte ein andrer. »Der hängt an der Person wie eine Klette. Und so vernagelt wie er ist, weiß er vielleicht nicht einmal, wohin der Hase läuft. Nachher wollen wir's mal probieren und ihn ein bißchen kitzeln.«

»Paß aber auf! Der Niklas kann ungemütlich werden.«

»Ach, der! Der merkt ja nichts. Gestern abend ist er mit ihr spazierengelaufen, und kaum ist er heim ins Bett, so kommt der Haager und geht mit ihr. Die nimmt ja einen jeden. Ich möcht nur wissen, wen sie heut bei sich hat.«

»Ja, mit dem Dierlamm hat sie auch angebändelt, mit dem Volontärbuben. Es muß scheint's doch allemal ein Schlosser sein.«

»Oder er muß Geld haben! Aber von dem kleinen Dierlamm hab ich's nicht gewußt. Hast du's selber gesehen?«

»Und ob. In der Sackkammer und einmal

auf der Stiege. Sie haben einander verküßt, daß mir's ganz gegraust hat. Der Bube fängt beizeiten an, gerade wie sie auch.«

Niklas hatte genug. Wohl spürte er Lust, mit einem Donnerwetter zwischen die Kerle zu fahren. Doch tat er es nicht, sondern ging still davon.

Auch Hans Dierlamm hatte in den letzten Nächten nicht gut geschlafen. Die Liebesgedanken, der Ärger in der Werkstatt und die schwüle Hitze plagten ihn, und morgens kam er öfters eine Weile zu spät ins Geschäft.

Am folgenden Tage, nachdem er hastig Kaffee getrunken hatte und die Treppe hinabgeeilt war, kam ihm zu seinem Erstaunen Niklas Trefz entgegen.

»Grüß Gott«, rief Hans, »was gibt's Neues?«

»Arbeit in der Sägemühle draußen, du sollst mitkommen.«

Hans war verwundert, teils über den ungewohnten Auftrag, teils darüber, daß Trefz ihn auf einmal duzte. Er sah, daß dieser einen Hammer und einen kleinen Werkzeugkasten trug. Er nahm ihm den Kasten ab, und sie gingen miteinander flußaufwärts, zur Stadt hinaus, zuerst an Gärten, dann an

Wiesen hin. Der Morgen war dunstig und heiß, in der Höhe schien ein Westwind zu gehen, unten im Tal aber herrschte völlige Windstille.

Der Geselle war finster und sah mitgenommen aus, wie nach einer argen Kneipnacht. Hans fing nach einer Weile zu plaudern an, bekam aber keine Antwort. Niklas tat ihm leid, doch wagte er nichts mehr zu sagen.

Auf halbem Wege zur Sägmühle, wo der gewundene Flußlauf eine kleine, mit jungen Erlen bestandene Halbinsel umschloß, machte Niklas plötzlich halt. Er ging zu den Erlen hinab, legte sich ins Gras und winkte Hans, er solle auch kommen. Der folgte gern, und sie lagen nun eine längere Zeit nebeneinander ausgestreckt, ohne ein Wort zu reden.

Am Ende schlief Dierlamm ein. Niklas beobachtete ihn, und als er eingeschlafen war, beugte er sich über ihn und schaute ihm mit großer Aufmerksamkeit ins Gesicht, eine gute Weile. Er seufzte dazu und sprach murmelnd mit sich selber.

Schließlich sprang er zornig auf und gab dem Schläfer einen Fußtritt. Erschreckt und verwirrt taumelte Hans auf.

»Was ist?« fragte er unsicher. »Hab ich so lang geschlafen?«

Niklas sah ihn an, wie er ihn vorher angesehen hatte, mit merkwürdig verwandelten Augen. Er fragte: »Bist du wach?« Hans nickte ängstlich.

»Also, paß auf! Da neben mir liegt ein Hammer. Siehst du ihn?«

»Ja.«

»Weißt du, für was ich ihn mitgenommen hab?«

Hans sah ihm in die Augen und erschrak unsäglich. Furchtbare Ahnungen drängten in ihm auf. Er wollte fortlaufen, aber Trefz hielt ihn mit einem mächtigen Griff fest.

»Nicht fortlaufen! Du mußt mir zuhören. Also den Hammer, den hab ich mitgenommen, weil ich – –. Oder so . . . den Hammer . . .«

Hans begriff alles und schrie in Todesangst auf. Niklas schüttelte den Kopf.

»Mußt nicht schreien. Willst du mir jetzt zuhören?«

»Ja –.«

»Du weißt ja schon, von was ich rede. Also ja, den Hammer hab ich dir auf den Kopf hauen wollen. – Sei ruhig! Hör mich! – Aber es ist nicht gegangen. Ich kann's nicht. Und es ist auch nicht recht ehrlich, vollends im Schlaf! Aber jetzt bist du wach, und den Hammer hab ich dahin gelegt. Und jetzt sag ich dir: Wir wollen miteinander ringen, du bist ja auch stark. Wir ringen, und wer den andern drunten hat, der kann den Hammer nehmen und zuschlagen. Du oder ich, einer muß dran glauben.«

Aber Hans schüttelte den Kopf. Die Todesangst war von ihm gewichen, er fühlte nur eine schneidend herbe Trauer und ein beinahe unerträgliches Mitleid.

»Warten Sie noch«, sagte er leise. »Ich will vorher reden. Wir können ja noch einmal hinsitzen, nicht?«

Und Niklas folgte. Er fühlte, daß Hans etwas zu sagen habe und daß nicht alles so sei, wie er es gehört und sich ausgedacht hatte.

»Es ist wegen der Maria?« fing Hans an, und Trefz nickte. Nun erzählte Hans alles. Er verschwieg nichts und suchte nichts von sich abzuwälzen, er schonte aber auch das Mädchen nicht, denn er fühlte wohl, daß alles darauf ankam, ihn von ihr abzubringen. Er sprach von jenem Abend, da Niklas Geburtstag gefeiert hatte, und von seiner letzten Zusammenkunft mit Maria.

Als er schwieg, gab Niklas ihm die Hand und sagte: »Ich weiß, daß Sie nicht gelogen haben. Sollen wir jetzt in die Werkstatt zurück?«

»Nein«, meinte Hans, »ich schon, aber Sie nicht. Sie sollten gleich jetzt verreisen, das wär am besten.«

»Ja schon. Aber ich brauche mein Arbeitsbuch und ein Zeugnis vom Meister.«

»Das besorge ich. Kommen Sie am Abend zu mir, da bring ich Ihnen alles. Sie können einstweilen Ihre Sachen einpacken, nicht?«

Niklas besann sich. »Nein«, sagte er dann, »es ist doch nicht das Richtige. Ich gehe mit in die Werkstatt und bitte den Haager, daß er mich schon heute gehen läßt. Ich danke schön, daß Sie das alles für mich haben ausfressen wollen, aber es ist besser, ich geh selber.«

Sie kehrten miteinander um. Als sie zurückkamen, war mehr als der halbe Vormittag verstrichen, und Haager empfing sie mit heftigen Vorwürfen. Niklas bat ihn aber, zum

Abschied noch einmal in Güte und Ruhe mit ihm zu reden, und nahm ihn mit vor die Türe. Als sie wiederkamen, gingen sie beide ruhig an ihre Plätze und nahmen eine Arbeit vor. Aber am Nachmittag war Niklas nimmer da, und in der nächsten Woche stellte der Meister einen neuen Gesellen ein.

(1908)

Zeittafel

1877	geboren am 2. Juli in Calw/Württemberg als Sohn des baltischen Missionars und späteren Leiters des »Calwer Verlagsvereins« Johannes Hesse (1847–1916) und dessen Frau Marie verw. Isenberg, geb. Gundert (1842–1902), der ältesten Tochter des namhaften Indologen und Missionars Hermann Gundert.
1881 –1886	wohnt Hesse mit seinen Eltern in Basel, wo der Vater bei der »Basler Mission« unterrichtet und 1883 die Schweizer Staatsangehörigkeit erwirbt (zuvor: russische Staatsangehörigkeit).
1886 –1889	Rückkehr der Familie nach Calw (Juli), wo Hesse das Reallyzeum besucht.
1890 –1891	Lateinschule in Göppingen zur Vorbereitung auf das Württembergische Landesexamen (Juli 1891), der Voraussetzung für eine kostenlose Ausbildung zum ev. Theologen im »Tübinger Stift«. Als staatlicher Schüler muß Hesse auf sein Schweizer Bürgerrecht verzichten. Deshalb erwirbt ihm der Vater im November 1890 die württembergische Staatsangehörigkeit (als einzigem Miglied der Familie).
1891 –1892	Seminarist im ev. Klosterseminar Maulbronn (ab Sept. 1891), aus dem er nach 7 Monaten flieht, weil er »entweder Dichter oder gar nichts werden wollte«.
1892	bei Christoph Blumhardt in Bad Boll (April bis Mai); Selbstmordversuch (Juni), Aufenthalt in der Nervenheilanstalt Stetten (Juni–August). Aufnahme in das Gymnasium von Cannstatt (Nov. 1892), wo er
1893	im Juli das Einjährig-Freiwilligen-Examen (Obersekundareife) absolviert. »Werde Sozialdemokrat und laufe ins Wirtshaus. Lese fast nur Heine, den ich sehr nachahmte.« Im Oktober Beginn einer Buchhändlerlehre in Esslingen, die er aber schon nach drei Tagen aufgibt.
1894 –1895	15 Monate als Praktikant in der Calwer Turmuhrenfabrik Perrot. Plan, nach Brasilien auszuwandern.

1895 –1898 Buchhändlerlehre in Tübingen (Buchhandlung Heckenhauer). 1896 erste Gedichtpublikation in »Das deutsche Dichterheim«, Wien. Die erste Buchpublikation *Romantische Lieder* erscheint im Oktober 1898.

1899 Beginn der Niederschrift eines Romans *Schweinigel* (Manuskript noch nicht aufgefunden). Der Prosaband *Eine Stunde hinter Mitternacht* erscheint im Juni bei Diederichs, Jena.

Im September Übersiedlung nach Basel, wo Hesse bis Januar 1901 als Sortimentsgehilfe in der Reich'schen Buchhandlung beschäftigt ist.

1900 beginnt er für die »Allgemeine Schweizer Zeitung« Artikel und Rezensionen zu schreiben, die ihm mehr noch als seine Bücher »einen gewissen lokalen Ruf machten, der mich im gesellschaftlichen Leben sehr unterstützte«.

1901 Von März bis Mai erste Italienreise.

Ab August 1901 (bis Frühjahr 1903) Buchhändler im Basler Antiquariat Wattenwyl.

Die *Hinterlassenen Schriften und Gedichte von Hermann Lauscher* erscheinen im Herbst bei R. Reich.

1902 *Gedichte* erscheinen bei Grote, Berlin, seiner Mutter gewidmet, die kurz vor Erscheinen des Bändchens stirbt.

1903 Nach Aufgabe der Buchhändler- und Antiquariatsstellung zweite Italienreise, gemeinsam mit Maria Bernoulli, mit der er sich im Mai verlobt. Kurz davor Abschluß der Niederschrift des *Camenzind*-Manuskripts, das Hesse auf Einladung des S. Fischer Verlags nach Berlin sendet. Ab Oktober (bis Juni 1904) u. a. Niederschrift von *Unterm Rad* in Calw.

1904 *Peter Camenzind* erscheint bei S. Fischer, Berlin. Eheschließung mit Maria Bernoulli und Umzug nach Gaienhofen am Bodensee (Juli) in ein leerstehendes Bauernhaus. Freier Schriftsteller und Mitarbeiter an zahlreichen Zeitungen und Zeitschriften (u. a. »Die Propyläen«, d. i. »Münchner Zeitung«; »Die Rheinlande«; »Simplicissimus«; »Der Schwabenspiegel«, d. i. »Württemberger Zeitung«). Die biographischen Studien *Boccaccio* und *Franz von Assisi* erscheinen bei Schuster & Loeffler, Berlin und Leipzig.

1905 im Dezember Geburt des Sohnes Bruno.

1906 *Unterm Rad* (1903–1904 entstanden) erscheint bei S. Fischer, Berlin. Gründung der liberalen, gegen das persönliche Regiment Wilhelms II. gerichteten Zeitschrift »März« (Verlag Albert Langen, München), als deren Mitherausgeber Hesse bis 1912 zeichnet.

1907 *Diesseits* (Erzählungen) erscheint bei S. Fischer, Berlin. In Gaienhofen baut und bezieht Hesse ein eigenes Haus »Am Erlenloh«.

1908 *Nachbarn* (Erzählungen) erscheint bei S. Fischer, Berlin.

1909 im März Geburt des zweiten Sohnes Heiner.

1910 *Gertrud* (Roman) erscheint bei Albert Langen, München.

1911 im Juli Geburt des dritten Sohnes Martin.

Unterwegs (Gedichte) erscheint bei Georg Müller, München; Sept. bis Dez. Indienreise mit dem befreundeten Maler Hans Sturzenegger.

1912 *Umwege* (Erzählungen) erscheint bei S. Fischer, Berlin. Hesse verläßt Deutschland für immer und übersiedelt mit seiner Familie nach Bern in das Haus des verstorbenen befreundeten Malers Albert Welti.

1913 *Aus Indien.* Aufzeichnungen einer indischen Reise, erscheint bei S. Fischer, Berlin.

1914 *Roßhalde* (Roman), erscheint im März bei S. Fischer, Berlin.

Bei Kriegsbeginn meldet sich Hesse freiwillig, wird aber als dienstuntauglich zurückgestellt und 1915 der Deutschen Gesandtschaft in Bern zugeteilt, wo er von nun an im Dienst der »Deutschen Gefangenenfürsorge« bis 1919 Hunderttausende von Kriegsgefangenen und Internierten in Frankreich, England, Rußland und Italien mit Lektüre versorgt, Gefangenenzeitschriften (z. B. die »Deutsche Interniertenzeitung«) herausgibt, redigiert und 1917 einen eigenen Verlag für Kriegsgefangene (»Verlag der Bücherzentrale für deutsche Kriegsgefangene«) aufbaut, in welchem bis 1919 22 von H. H. edierte Bände erscheinen.

Zahlreiche politische Aufsätze, Mahnrufe, offene Briefe etc. in deutschen, schweizerischen und österreichischen Zeitungen und Zeitschriften.

1915 *Knulp*. Drei Geschichten aus dem Leben Knulps (Teilvorabdruck bereits 1908), erscheint bei S. Fischer, Berlin.

Am Weg (Erzählungen) erscheint bei Reuß & Itta, Konstanz.

Musik des Einsamen. Neue Gedichte, erscheint bei Eugen Salzer, Heilbronn.

Schön ist die Jugend (Erzählungen) erscheint bei S. Fischer, Berlin.

1916 Tod des Vaters, beginnende Schizophrenie seiner Frau und Erkrankung des jüngsten Sohnes führen zu einem Nervenzusammenbruch Hesses. Erste psychotherapeutische Behandlung durch den C. G. Jung-Schüler J. B. Lang bei einer Kur in Sonnmatt bei Luzern. Gründung der »Deutschen Interniertenzeitung« und des »Sonntagsboten für die deutschen Kriegsgefangenen«.

1917 wird Hesse nahegelegt, seine zeitkritische Publizistik zu unterlassen. Erste pseudonyme Zeitungs- und Zeitschriftenpublikationen unter dem Decknamen Emil Sinclair. Niederschrift des *Demian* (Sept. bis Okt.).

1919 Die politische Flugschrift *Zarathustras Wiederkehr*. Ein Wort an die deutsche Jugend von einem Deutschen, erscheint anonym im Verlag Stämpfli, Bern.

Auflösung des Berner Haushalts (April). Trennung von seiner in einer Heilanstalt internierten Frau. Unterbringung der Kinder bei Freunden. Im Mai Übersiedlung nach Montagnola/Tessin in die Casa Camuzzi, die er bis 1931 bewohnt.

Kleiner Garten. Erlebnisse und Dichtungen, erscheint bei E. P. Tal & Co., Wien und Leipzig.

Demian. Die Geschichte einer Jugend, erscheint bei S. Fischer, Berlin, unter dem Pseudonym Emil Sinclair. Die Sammlung *Märchen* erscheint bei S. Fischer, Berlin. Gründung und Herausgabe der Zeitschrift »Vivos voco«, Für neues Deutschtum (Leipzig und Bern).

1920 *Gedichte des Malers*, Zehn Gedichte mit farbigen Zeichnungen, und die Dostojewski-Essays u.d.T. *Blick ins Chaos* erscheinen im Verlag Seldwyla, Bern.

Klingsors letzter Sommer (Erzählungen) erscheint bei S. Fischer, Berlin; danach, ebenfalls bei S. Fischer, *Wanderung*. Aufzeichnungen mit farbigen Bildern vom Verfasser.

Zarathustras Wiederkehr, Neuauflage bei S. Fischer, diesmal unter Angabe des Autors.

1921 *Ausgewählte Gedichte* erscheinen bei S. Fischer, Berlin. Krise mit fast anderthalbjähriger Unproduktivität zwischen der Niederschrift des ersten und des zweiten Teils von *Siddhartha*. Psychoanalyse bei C. G. Jung in Küsnacht bei Zürich.

Elf Aquarelle aus dem Tessin erscheint bei O. C. Recht, München.

1922 *Siddhartha*. Eine indische Dichtung, erscheint bei S. Fischer, Berlin.

1923 *Sinclairs Notizbuch* erscheint bei Rascher, Zürich. Erster Kuraufenthalt in Baden bei Zürich, das er fortan (bis 1952) alljährlich im Spätherbst aufsucht. Die Ehe mit Maria Bernoulli wird geschieden (Juni).

1924 Hesse wird wieder Schweizer Staatsbürger.

Bibliotheks- und Vorbereitungsarbeiten an seinen Herausgeberprojekten in Basel. Heirat mit Ruth Wenger, Tochter der Schriftstellerin Lisa Wenger.

Ende März Rückkehr nach Montagnola.

Psychologia Balnearia oder Glossen eines Badener Kurgastes, erscheint als Privatdruck; ein Jahr später als erster Band in der Ausstattung der »Gesammelten Werke in Einzelausgaben« u.d.T.:

1925 *Kurgast* bei S. Fischer, Berlin. Lesereise u. a. nach Ulm, München, Augsburg, Nürnberg (im November).

1926 *Bilderbuch* (Schilderungen) erscheint bei S. Fischer, Berlin. Hesse wird als auswärtiges Mitglied in die

Sektion für Dichtkunst der Preußischen Akademie der Künste gewählt, aus der er 1931 austritt: »Ich habe das Gefühl, beim nächsten Krieg wird diese Akademie viel zur Schar jener 90 oder 100 Prominenten beitragen, welche das Volk wieder wie 1914 im Staatsauftrag über alle lebenswichtigen Fragen belügen werden.«

1927 *Die Nürnberger Reise* und *Der Steppenwolf* erscheinen bei S. Fischer, Berlin, gleichzeitig – zum 50. Geburtstag Hesses – die erste Hesse-Biographie (von Hugo Ball). Auf Wunsch seiner zweiten Frau, Ruth, Scheidung der 1924 geschlossenen Ehe.

1928 *Betrachtungen* und *Krisis*. Ein Stück Tagebuch, erscheinen bei S. Fischer, Berlin, letzteres in einmaliger, limitierter Auflage.

1929 *Trost der Nacht*. Neue Gedichte, erscheint bei S. Fischer, Berlin; *Eine Bibliothek der Weltliteratur* als Nr. 7003 in Reclams Universalbibliothek bei Reclam, Leipzig.

1930 *Narziß und Goldmund* (Erzählung) erscheint bei S. Fischer, Berlin.

1931 Umzug innerhalb Montagnolas in ein neues, ihm auf Lebzeiten zur Verfügung gestelltes Haus, das H. C. Bodmer für ihn gebaut hat. Eheschließung mit der Kunsthistorikerin Ninon Dolbin, geb. Ausländer, aus Czernowitz.

Weg nach innen. Vier Erzählungen (»Siddhartha«, »Kinderseele«, »Klein und Wagner«, »Klingsors letzter Sommer«), erscheint als preiswerte und auflagenstarke Sonderausgabe bei S. Fischer, Berlin.

1932 *Die Morgenlandfahrt* erscheint bei S. Fischer, Berlin.

1932 –1943 Entstehung des *Glasperlenspiels*.

1933 *Kleine Welt* (Erzählungen aus »Nachbarn«, »Umwege« und »Aus Indien«, leicht bearbeitet) erscheint bei S. Fischer, Berlin.

1934 Hesse wird Mitglied des Schweizerischen Schriftstellervereins (zwecks besserer Abschirmung von der NS-Kulturpolitik und effektiverer Interventionsmöglichkeiten für die emigrierten Kollegen).

	Vom Baum des Lebens (Ausgewählte Gedichte) erscheint im Insel Verlag, Leipzig.
1935	*Fabulierbuch* (Erzählungen) erscheint bei S. Fischer, Berlin. Politisch erzwungene Teilung des S. Fischer Verlags in einen reichsdeutschen (von Peter Suhrkamp geleiteten) Teil und den Emigrationsverlag von Gottfried Bermann Fischer, dem die NS-Behörden nicht erlauben, die Verlagsrechte am Werk Hermann Hesses mit ins Ausland zu nehmen.
1936	läßt Hesse dennoch seine Hexameterdichtung *Stunden im Garten* in Bermann Fischers Exil-Verlag in Wien erscheinen. Im September erste persönliche Begegnung mit Peter Suhrkamp.
1937	*Gedenkblätter* und *Neue Gedichte* erscheinen bei S. Fischer, Berlin. *Der lahme Knabe*, ausgestattet von Alfred Kubin, erscheint als Privatdruck in Zürich.
1939 –1945	gelten Hesses Werke in Deutschland für unerwünscht. »Unterm Rad«, »Der Steppenwolf«, »Betrachtungen«, »Narziß und Goldmund« und »Eine Bibliothek der Weltliteratur« dürfen nicht mehr nachgedruckt werden. Die von S. Fischer begonnenen »Gesammelten Werke in Einzelausgaben« müssen deshalb in der Schweiz, im Verlag Fretz & Wasmuth, fortgesetzt werden.
1942	Dem S. Fischer Verlag, Berlin, wird die Druckerlaubnis für *Das Glasperlenspiel* verweigert. *Die Gedichte,* erste Gesamtausgabe von Hesses Lyrik, erscheinen bei Fretz & Wasmuth, Zürich.
1943	*Das Glasperlenspiel.* Versuch einer Lebensbeschreibung des Magister Ludi Josef Knecht samt Knechts hinterlassenen Schriften, erscheint bei Fretz & Wasmuth, Zürich.
1944	Die Gestapo verhaftet Peter Suhrkamp, Hesses Verleger.

1945 *Berthold,* ein Romanfragment, und *Traumfährte* (Neue Erzählungen und Märchen) erscheinen bei Fretz & Wasmuth, Zürich.

1946 *Krieg und Frieden* (Betrachtungen zu Krieg und Politik seit dem Jahr 1914) erscheint bei Fretz & Wasmuth, Zürich. Danach können Hesses Werke auch in Deutschland wieder gedruckt werden, zunächst im »Suhrkamp Verlag vorm. S. Fischer« (ab 1951 dann im Suhrkamp Verlag, Frankfurt am Main). Goethe-Preis der Stadt Frankfurt am Main. Nobel-Preis.

1950 Hesse ermutigt und ermöglicht Peter Suhrkamp, einen eigenen Verlag zu gründen, der im Juli eröffnet wird.

1951 *Späte Prosa* und *Briefe* erscheinen bei Suhrkamp, Frankfurt am Main.

1952 *Gesammelte Dichtungen* in sechs Bänden als Festgabe zu Hesses 75. Geburtstag erscheinen bei Suhrkamp, Frankfurt am Main.

1954 *Piktors Verwandlungen.* Ein Märchen, faksimiliert, erscheint bei Suhrkamp, Frankfurt am Main.
Der *Briefwechsel: Hermann Hesse – Romain Rolland* erscheint bei Fretz & Wasmuth, Zürich.

1955 *Beschwörungen,* Späte Prosa/Neue Folge, erscheint bei Suhrkamp, Frankfurt am Main. Friedenspreis des Deutschen Buchhandels.

1956 Stiftung eines Hermann-Hesse-Preises durch die Förderungsgemeinschaft der deutschen Kunst Baden-Württemberg e. V.

1957 *Gesammelte Schriften* in sieben Bänden, erscheinen bei Suhrkamp.

1961 *Stufen,* alte und neue Gedichte in Auswahl, erscheint bei Suhrkamp.

1962 *Gedenkblätter* (um fünfzehn Texte erweitert gegenüber der 1937 erschienenen Ausgabe) erscheint bei Suhrkamp.
9. August: Tod Hermann Hesses in Montagnola.

1962 »Hermann Hesse. Eine Bibliographie« von Helmut Waibler, erscheint im Francke Verlag, Bern und München.

1963 *Die späten Gedichte* erscheinen als Band 803 der Insel-Bücherei im Insel Verlag, Wiesbaden.

1964 Das Hermann-Hesse-Archiv in Marbach wird gegründet.

1965 *Prosa aus dem Nachlaß* (herausgegeben von Ninon Hesse) erscheint bei Suhrkamp.

Neue Deutsche Bücher, Literaturberichte für »Bonniers Litterära Magasin« 1935 bis 1936 (herausgegeben von Bernhard Zeller), in der Turmhahn-Bücherei des Schiller-Nationalmuseums, Marbach.

1966 *Kindheit und Jugend vor Neunzehnhundert,* Hermann Hesse in Briefen und Lebenszeugnissen 1877 bis 1895 (herausgegeben von Ninon Hesse), erscheint im Suhrkamp Verlag.

Tod von Ninon Hesse.

1968 *Hermann Hesse – Thomas Mann,* Briefwechsel (herausgegeben von Anni Carlsson), erscheint bei Suhrkamp und S. Fischer.

1969 *Hermann Hesse – Peter Suhrkamp,* Briefwechsel (herausgegeben von Siegfried Unseld), erscheint bei Suhrkamp.

1970 *Hermann Hesse Werkausgabe* in zwölf Bänden, mit einer Auswahl von Hesses Bücherberichten u. d. T. *Eine Literaturgeschichte in Rezensionen und Aufsätzen* (herausgegeben von Volker Michels), erscheint bei Suhrkamp.

1971 *Hermann Hesse – Helene Voigt-Diederichs.* Zwei Autorenportraits in Briefen (herausgegeben von Bernhard Zeller), erscheint bei Diederichs, Köln.

1972 Materialien zu Hermann Hesses *Der Steppenwolf* bei Suhrkamp.

1973 *Gesammelte Briefe,* Band 1, 1895–1921 (herausgegeben von Volker/Ursula Michels und Heiner Hesse), bei Suhrkamp.

Die Kunst des Müßiggangs, kurze Prosa aus dem Nachlaß und Materialien zu Hermann Hesses *Das Glasperlenspiel* (beide herausgegeben von Volker Michels) bei Suhrkamp.

Hermann Hesse. Eine Werkgeschichte. (Herausgegeben von Siegfried Unseld) bei Suhrkamp.

1974 Materialien zu Hermann Hesses *Siddhartha* (herausgegeben von Volker Michels) bei Suhrkamp.

1977 *Kleine Freuden*. Kurze Prosa aus dem Nachlaß. (Herausgegeben von Volker Michels), *Politik des Gewissens*. Die Politischen Schriften 1914–1962, 2 Bände (herausgegeben von Volker Michels), *Hermann Hesse–R. J. Humm,* Briefwechsel (herausgegeben von Volker und Ursula Michels), erscheinen bei Suhrkamp, ebenso *Die Welt der Bücher.* Betrachtungen und Aufsätze zur Literatur.

Hermann Hesse. Bodensee. Betrachtungen, Erzählungen, Gedichte (herausgegeben von Volker Michels), bei Thorbecke, Sigmaringen.

Hermann Hesse als Maler, ausgewählt von Bruno Hesse und Sandor Kuthy, bei Suhrkamp.

1978 *Kindheit und Jugend vor Neunzehnhundert,* Band 2 (herausgegeben von Gerhard Kirchhoff), bei Suhrkamp.

Hermann Hesse – Heinrich Wiegand, Briefwechsel (herausgegeben von Klaus Pezold), erscheint im Aufbau Verlag, Berlin, DDR.

1979 *Gesammelte Briefe,* Band 2, 1922–1935, erscheint bei Suhrkamp.

Hermann Hesse. Sein Leben in Bildern und Texten. Von Volker Michels, erscheint bei Suhrkamp.

Theodore Ziolkowski, *Der Schriftsteller Hermann Hesse.*

1982 *Gesammelte Briefe,* Band 3, 1936–1948.

Ralph Freedman, *Hermann Hesse, Autor der Krisis.* Eine Biographie.

1983 *Italien*. Schilderungen und Tagebücher. Herausgegeben von Volker Michels.

1986 *Gesammelte Briefe,* Band 4, 1949–1962.

1987 *Hermann Hesse in Augenzeugenberichten.* Herausgegeben von Volker Michels.

1988 *Die Welt im Buch,* Bd. 1, Rezensionen und Aufsätze 1900–1910.

Hermann Hesse
im Suhrkamp Verlag und
im Insel Verlag

Eine Auswahl

Gesammelte Schriften in sieben Bänden. Leinen und Leder
- Band I: Frühe Prosa. Peter Camenzind. Unterm Rad. Diesseits Bernold
- Band II: Gertrud. Kleine Welt. Roßhalde. Fabulierbuch
- Band III: Knulp. Demian. Märchen. Wanderung. Klingsor. Siddhartha. Bilderbuch
- Band IV: Kurgast. Die Nürnberger Reise. Der Steppenwolf. Traumfährte. Gedenkblätter. Späte Prosa
- Band V: Narziß und Goldmund. Stunden im Garten. Der lahme Knabe. Die Gedichte
- Band VI: Die Morgenlandfahrt. Das Glasperlenspiel
- Band VII: Betrachtungen. Briefe. Rundbriefe. Tagebuchblätter

Werkausgabe. Zwölf Bände. Leinenkaschur

Gesammelte Briefe in vier Bänden. Unter Mitwirkung von Heiner Hesse herausgegeben von Ursula und Volker Michels. Leinen

Die Romane und die Großen Erzählungen. Jubiläumsausgabe zum hundersten Geburtstag von Hermann Hesse. Acht Bände in Schmuckkassette

Gesammelte Erzählungen. Geschenkausgabe in sechs Bänden

Hermann Hesse Lesebücher. Zusammengestellt von Volker Michels:
- Jedem Anfang wohnt ein Zauber inne. Lebensstufen
- Eigensinn macht Spaß. Individuation und Anpassung
- Wer lieben kann, ist glücklich. Über die Liebe
- Die Hölle ist überwindbar. Krisis und Wandlung
- Das Stumme spricht. Herkunft und Heimat. Natur und Kunst
- Die Einheit hinter den Gegensätzen. Religionen und Mythen

Einzelausgaben:
- Aus Indien. Erinnerungen, Erzählungen, Tagebuchaufzeichnungen. Herausgegeben von Volker Michels. st 562
- Aus Kinderzeiten. Gesammelte Erzählungen. Band I 1900-1905. st 347
- Ausgewählte Briefe. Zusammengestellt von Hermann Hesse und Ninon Hesse. st 211
- Berthold. Erzählung. st 1198
- Briefwechsel:
  - Hermann Hesse – Rudolf Jakob Humm. Briefwechsel. Herausgegeben von Ursula und Volker Michels. Leinen

15/1/1.87

Hermann Hesse
im Suhrkamp Verlag und
im Insel Verlag

Eine Auswahl

– – Hermann Hesse – Thomas Mann. Briefwechsel. Herausgegeben von Anni Carlsson. Leinen und BS 441
– – Hermann Hesse – Peter Suhrkamp. Briefwechsel 1945-1959. Herausgegeben von Siegfried Unseld. Leinen
– Casanovas Bekehrung. Erzählung. st 1196
– Das Glasperlenspiel. st 79
– Demian. Die Geschichte von E. Sinclairs Jugend. BS 95 und st 206
– Der Europäer. Gesammelte Erzählungen Band 3. st 384
– Der Lateinschüler. Erzählung. st 1193
– Der Steppenwolf. Roman. BS 226 und st 175
– Der Weltverbesserer. Erzählung. st 1197
– Die Erzählungen. SA. Leinen 2 Bde. in Kassette
– Die Gedichte 1892-1962. Herausgegeben von Volker Michels. 2 Bde. st 381
– Die Heimkehr. Erzählung. st 1201
– Die Märchen. st 291
– Die Morgenlandfahrt. Erzählung. BS 1 und st 750
– Die Verlobung. Gesammelte Erzählungen Band 2. st 368
– Eigensinn. Autobiographische Schriften. Auswahl und Nachwort Siegfried Unseld. BS 353
– Emil Kolb. Erzählung. st 1202
– Freunde. Erzählung. st 1284
– Gertrud. Roman. st 890
– Heumond. Erzählung. st 1194
– Innen und Außen. Gesammelte Erzählungen Band 4. st 413
– Italien. Schilderungen, Tagebücher, Gedichte, Aufsätze, Buchbesprechungen und Erzählungen. st 689
– Karl Eugen Eiselein. Erzählung. st 1192
– Kinderseele. Erzählung. st 1203
– Kindheit und Jugend vor Neunzehnhundert. Hermann Hesse in Briefen und Lebenszeugnissen 1877-1895. Herausgegeben von Ninon Hesse. Leinen und st 1002
– Kindheit und Jugend vor Neunzehnhundert. Zweiter Band. Hermann Hesse in Briefen und Lebenszeugnissen 1895-1900. Herausgegeben von Volker Michels. Leinen
– Klein und Wagner. st 116
– Klingsors letzter Sommer. Erzählungen. Mit einem farbigen Frontispiz. BS 608

15/2/1.87

Hermann Hesse
im Suhrkamp Verlag und
im Insel Verlag

Eine Auswahl

- Knulp. Drei Geschichten aus dem Leben Knulps. BS 75
- Ladidel. Erzählung. st 1200
- Lektüre für Minuten. Auswahl Volker Michels. st 7
- Lektüre für Minuten 2. Neue Folge. st 240
- Mein Glaube. Eine Dokumentation: Betrachtungen, Briefe, Rezensionen und Gedichte. Herausgegeben von Siegfried Unseld. BS 300
- Musik. Betrachtungen, Gedichte, Rezensionen und Briefe. Mit einem Essay von Hermann Kassack. BS 483 und st 1217
- Narziß und Goldmund. BS 65 und st 274
- Peter Camenzind. Erzählung. st 161
- Roßhalde. Roman. st 312
- Siddhartha. Eine indische Dichtung. BS 227 und st 182
- Sinclairs Notizbuch. Mit vier farbig reproduzierten aquarellierten Federzeichnungen des Verfassers. BS 839
- Stufen. Ausgewählte Gedichte. BS 342
- Unterm Rad. Erzählung. st 52 und BS 776
- Walter Kömpff. Erzählung. st 1199

Mit Hermann Hesse durch das Jahr. Mit Reproduktionen von 13 aquarellierten Federzeichnungen von Hermann Hesse.

Materialien zu Hesses Werk. Herausgegeben von Volker Michels:
- Band 1. Zu ›Siddhartha‹. stm. st 2048
- Band 2. Texte über Siddhartha. stm. st 2049

Hermann Hesse. Rezeption 1978-1983. Herausgegeben von Volker Michels. stm. st 2045

Hermann Hesse. Sein Leben in Bildern und Texten. Herausgegeben von Volker Michels. Gestalt von Willy Fleckhaus. Mit Anmerkungen, Namenregister, Zitat- und Bildnachweis. Vorwort von Hans Mayer. Leinen

Hermann Hesse – Leben und Werk im Bild. Herausgegeben von Volker Michels. it 36

Hermann Hesse – Werk- und Wirkungsgeschichte. Von Siegfried Unseld. Revidierte Fassung. st 1257

15/3/1.87